U0115249

兒童文學與閱讀（四）

林文寶　著

自序

　　自二〇一九年十二月新冠肺炎（COVID-19）疫情以來，人們的生活日常受到改變。目前雖已漸趨平穩，但仍令人心有餘悸。

　　在疫情期間，許多相關的活動皆歸零，正似偷得浮生空前清閒，其間除進德修業之餘，又將身心進行重大維修。此間並得萬卷樓圖書公司總經理梁錦興、總編輯張晏瑞兩位先生的邀約，擬出版個人兒童文學著作集，於是進行收集，經商議計為四輯。《林文寶兒童文學著作集》一、二兩輯，於二〇二一年十二月出版。

　　因整理著作，而又重尋早期為友人書寫的序文，並抽空上網路平臺找到一些未發表的訪談紀錄，與為出版社新書發布所撰寫的推薦文，如今將這些文章與現有文稿結集成書。本書不在四輯之列，但沿續單篇著作發表後集結成書慣例，因內容與閱讀有關，是以稱之為《兒童文學與閱讀（四）》。

目次

先生已遠去

　　二○一九年十二月二十三日早上八點五十五分，林良先生清晨安詳的走了。

　　林先生一九二四年十月十日出生於福建省廈門市，一九四六年發表第一篇作品〈我們是六個〉短篇小說，刊於福建廈門《青天》文藝月刊。夏天由廈門到臺灣在國語推行委員會工作。一九五○年擔任《國語日報》編輯，二○○五年四月一日從《國語日報》社董事長職位榮退。退休後仍筆耕不輟，一生獲獎無數。致力於創作兒童文學長達六十餘年，計創作和翻譯達兩百多冊。其成名作《小太陽》（見圖一），於一九七二年五月由純文學出版社印行。

　　先生為人溫良恭儉讓，人們常用「臺灣兒童文學的大家長」、「臺灣兒童文學的導師」、「永遠的小太陽」。所謂大家長、導師，是指其

圖一　《小太陽》　　圖二　《淺語的藝術》

參與推廣與引領臺灣兒童文學的發展，這種參與並非主動或強行涉入，而是非主動的參與關心。一九八四年先生與文友一同發起成立兒童文學學會，被推舉為第一屆理事長，當時即建議理事長為一屆三年，不得連任。至於小太陽指其溫暖。

　　我是一九七一年八月一日任職於當時剛改制不久的臺東師專，一九七三年因師專語文組有兒童文學選修課，因此我走進兒童文學的天地裡，原非本意，亦非所願，只能說是因緣與巧合所致，於是展開了探尋與自然的旅程。想不到幾經努力，卻發現其中也別有洞天，於是乎一頭栽進直至今日。

　　回首自己的兒童文學之旅，第一本的啟蒙就是林先生的《淺語的藝術》（參見上頁圖二）[1]，也因此結識了林先生，並延續其後幾十年亦師亦友的情誼，而我一直以林先生稱之。

　　林先生為人所稱著的是大家長的風範，猶記上個世紀八十年代，與林先生、陳侃（當時花蓮師專兒童文學授課教授）在花東地區做兒童文學巡迴講座，途中林先生極盡提攜、鼓勵與指導，至今仍銘記於心，也因此萌生其後有機會一定會鼓勵後進。

　　後來，一九八七年八月全省九所師專改制師院，個人也因此接掌語教系主任，並以兒童文學做為系的發展重點與方向，其後自一九八八年度起每年舉辦兒童文學研討會，進而建議教育部設立師院生兒童文學創作獎。又一九九六年兒童文學研究所籌備與成立，以及後來的相關活動與研討會，林先生皆極力鼓勵與參與，在我承辦的相關兒童文學活動過程中，最讓我難以忘懷的人，還有馬景賢與李潼兩位，惜乎亦皆已遠去。

1　林良：《淺語的藝術》（臺北：國語日報附設出版部，1976年7月）。

一九九八年兒童文學研討會

（攝於1998年3月）

第七、八屆理事長交接及兒童文學之家揭牌

（攝於2006年3月）

第七、八屆理事長交接

（攝於2006年3月）

　　猶記二〇〇〇年兒文所通過教育部「輔導新設國立大學健全發展計畫」，以兒童文學學門為重點研究計畫，其重點在於設置兒童文學資料庫，其中有購置圖畫書原畫案，購買圖畫書原畫，這是史無前例，再三與主計主任討論，最後請出林先生與馬景賢兩位大老與主計主任同為投標的委員，才能成局，也因此開啟了圖畫書原畫標售的先例。

　　在林先生一路的鼓勵與參與的過程中，唯一回報的就是編選了先生的兩本兒童文學論集。

　　在二〇〇〇年，與邱各容承接文建會「兒童文學百年」的書寫計劃案。在撰寫臺灣兒童文學史、編輯臺灣兒童文學史文論選集的過程中，再度接觸到臺灣兒童文學早期論述部分。在過程讓我重新認識吳鼎，並引發我編輯林先生兒童文學論述選集的念頭，且當時又在博士班開了一門「臺灣兒童文學專題研究」，於是，把收錄林先生有關兒童文學論述文章作為重點功課。

　　從搜尋到判讀，從影印到研讀，再以研讀到細讀。當時定稿一百來篇，而後又再逐篇細讀與共同討論，從一百多篇減訂為四十四篇，最後的定稿是現在三十五篇，收錄的原則，除論述本身的意義與價值之外，文章篇幅不少於三千字。

　　當時出版部黃莉貞同意出版，並將文稿轉交給林先生過目，文稿定名為《更廣大的世界》[2]、《小東西的趣味》[3]兩本。《國語日報》於二〇一二年十月六日舉行新書發佈會，並將這兩本書由我獻給林先生作為八十八歲生日禮物，這是我聊表敬意的唯一方式。當時參與的博士生與助理有：林素文、江福佑、黃愛真及顏志豪。

2　林良：《更廣大的世界》（臺北：國語日報社，2012年10月）。

3　林良：《小東西的趣味》（臺北：國語日報社，2012年10月）。

《更廣大的世界》　　　　　　《小東西的趣味》

林良先生八十八歲生日

　　如今，先生已遠去。最後用先生的兩首詩，以見所謂大家長與溫良儉讓的一代風範：

〈蝸牛（之一）〉

我走路，
不算慢，
請拿尺子量量看。
短短的一小時，
我已經走了
五寸半！

〈駱駝〉

駱駝
有寫不完的
沙漠故事
每一步就是一個字
長長的故事夠他寫
忘了日曬
忘了口渴
從來不問
到了沒有
到了沒有

——見《鹽分地帶文學》新刊號85期，2020年3月，頁162-168。

臺灣地區兒童文學教科書的觀察

一　前言

　　本文擬觀察臺灣地區兒童文學教科書的形成與流變。其觀察年代，始於上個世紀六〇年代，止於一九九九年。教科書一詞，依《辭海》定義：依照法定科目，選擇適當教材，編輯成書，用以教授學生者，稱教科書。持此，臺灣地區有兒童文學教科書，必然與師範教育體系有關。因此，本文擬從師範教育法規談起，而後再觀察上個世紀六〇年代至一九九九年之間相關的教科書。又本文所指兒童文學教科書。是指通論，或泛論之著作，文體專論（如童話研究）不在本文討論範圍；所謂教科書，是採較為寬廣的界定，或稱可做為教學或自學的兒童文學入門教材。且兒童文學教材內容以小學階段為主（六歲至十二歲）。

二　師範教育體制下的兒童文學課程

　　在臺灣，兒童文學是師範教育體制下，國小師資教育中獨特的課程。以下分兩方面說明之。

（一）國小師範教育的沿革

　　日治時期的師範學校制與我國不同。光復後自應依據我國學制予以改變，將師範學校改為中等學校程度，惟舊制仍維持其至畢業為止。

一九四八年，省教育廳奉部令准本省光復前後舊制師範本科畢業生資格比照當時二年制專科學校畢業生資格。至一九五三年，簡易師範班奉教育令停止招生，次年七月該簡易師範班正式結束。繼而發展南部女子師範學校，一九五七年八月，設立嘉義師範學校。今將「光復初期本省師範學校設置科別情形」引錄如下：

科班別	修業年限	入學資格	畢業後資格	備註
普通師範科	三	初級中學畢業	高小教員	
普通師範科預科（一）	一	日制國民學校高科畢業	升入普通師範科	一九四九年起停辦
四年制簡易師範班（二）	一	日制中學校及女子中學校畢業	高小教員	一九四七年起停辦，僅辦一屆
師資訓練班	四	國民學校畢業	初小教員	一九四六年開始辦理，一九五三年起停止招生
二年制簡易師範版（三）	二	日制國民學校高等科畢業	初小教員	一九五〇年起停辦
簡易師範科補習班（四）	一	國民學校畢業	升入四年制簡易師範班	一九五三年起停辦

（詳見臺灣省立臺中圖書館《臺灣教育發展史料彙編》，頁11）

一九六〇年臺灣省教育廳為提高國民教育素質，乃計劃逐年將師範學校改制為師範專科學校。首先於八月十五日核准設立省立臺中師範專科學校。一九六一年八月，省立臺北師範學校改為省立臺北師範專科學校，招收高中、高職畢業生及師校畢業生而服務期滿者。修業期限，在校二年，實習一年。

師範專科學校試辦三年，曾提出一份「工作報告及檢討」。一九六三年七月三十一日，臺灣省教育廳令省立臺中師範專科學校改為五年制師範專科學校。臺北、臺南等兩校經決議同時改為五年制師範專科學校。

一九六四學年度省立花蓮師範學校、臺北女子師範學校亦相繼改為五年制師範專科學校。一九六五學年度省立新竹、屏東兩師範學校同時改制為專科學校。一九六六學年度省立嘉義師範學校改為五年制專科學校，一九六七學年度省立臺東師範學校亦相繼而最後改為五年制師範專科學校，使全省師範學校改制為五年制師範專科學校計劃得以完成。同時省政府為配合九年國民教育之實施，加速培養國民中學及一般中等學校之健全師資，於一九六七年八月，將省立高雄女子師範學校，改為省立高雄師範學院。

一九七七年十一月二十一日，總統明令頒布「師範教育法」，並廢止「師範學校法」。

一九八五年十一月七日行政院通過師專改制案。並於一九八七年八月一日起，將國內現有的九所師專一次改制為師範學院。並從一九九一學年度八月起，將省立八所師範院校改隸為國立。

(二) 師範教育體制下的兒童文學課程

臺灣地區師範學校開始「兒童文學」課程，則始一九六〇年八月省立臺中師範學校改制為臺中師範專科學校，當時即著手擬訂課程綱要，一九六一年五月又加以修定，其中選修甲組有「兒童文學習作」二學分。而後，在師專時期，不論二專或五專，都列有「兒童文學」科目二學分，供國校師資料語文組學生選修。

一九六七年，師專設夜間部，亦開設「兒童文學研究」科目，供夜間部學生選修。

　　一九七〇年九月，增開「兒童歌謠研究」四學分，供五年制音樂師資科學生選修。

　　一九七二年，師專暑假部也列有「兒童文學研究」科目，供全體學生選修。

　　一九七三年度，廣播電視開始播授「兒童文學」課程，由葛琳教授主講。

　　五年制國校師資科之課程經過四次修訂。至一九七八年三月十一日，教育部公布「師範專科學校五年制普通科科目表」，易國校師資科為普通師資科，而語文組選修中的「兒童文學研究」，則增為四個學分，並訂名為「兒童文學研究及習作」（見下頁圖一）。

　　又其後，普遍重視學前教育，各師專先後皆設有幼師科，其中選修科目有「故事與歌謠」，驟使兒童文學有類似顯學之趨勢。

　　一九八五年十一月七日行政院通過師專改制案。並於一九八七年八月一日起，將國內現有的九所師專一次改制為師範學院。在新制師範學院的一般課程，列有兩個學分的「兒童文學」，且是師院生必修科目。而語教系則有三個學分的「兒童文學及習作」。

　　至一九九三學年度起實施的「師範學院各學系必修科目表」，初教、語教、社教及數理四系於普通課程共同必修「語文學科」中，列有兩個必修學分「兒童文學」。至於體育、音樂、美勞、特教及幼教五系，則列為選修（見下頁圖二）。

　　師專時期國小師資料語文組有「兒童文學」選修課，但並非九所師專都有開課。直到一九八七年八月，將九所師專一次改為師範學院，這才是兒童文學的鼎盛時期。

 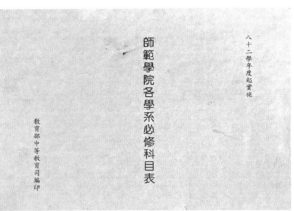

圖一 師範專科學校五 **圖二 師範學院各學系必修科目表**
年制普通科科目表

筆者曾於一九九三年五月《東師語文學刊》第六期，發表〈師院
「兒童文學」師資與課程之概況〉一文（頁9-64）[1]試將其中各師院師
資與教學用書引錄如下：（其餘部分有興趣者請見原文）

其一：各校師資員額：

校別	市北	國北	竹師	中師	嘉師	南師	屏師	東師	花師	合計
人數	2	3	2	3	3	2	2	3	3	23

其二：使用教科書書目

一、有一人使用下列教科書，括弧內為作者：
中國兒歌研究（陳正治）
認識兒童詩（鄭明進主編）

---

1 全文又收存於《兒童文學與語文教育》（臺北：萬卷樓圖書公司，2011年11月），頁39-89。

中國兒童文學（王秀芝）

兒童詩歌研究（林文寶）

兒童文學論述選集（林文寶主編）

兒童文學（葉詠琍）

兒童文學（祝士媛）

認識兒歌（林文寶主編）

說故事的技巧（陳淑琦指導）

兒童文學評論集（洪文珍）

兒童文學論（許義宗）

兒童文學創作與欣賞（葛琳）

二、有二人使用下列教科書，括弧內為作者：

童話寫作研究（陳正治）

西洋兒童文學史（葉詠琍）

兒童文學的思想與技巧（傅林統）

三、有三人使用下列教科書，括弧內為作者：

兒童文學創作論（張清榮）

兒童文學故事體寫作論（林文寶）

兒童少年文學（材政華）

兒童詩歌原理與教學（宋筱惠）

四、有四人使用下列教科書，括弧內為作者：

兒童故事原理研究（蔡尚志）

五、有五人使用下列教科書，括弧內為作者：

兒童文學研究（吳鼎）

六、有八人使用下列教科書，括弧內為作者：

兒童文學（林守為）

（同上，頁82-83）

《中國兒歌詩歌研究》
親親文化
一九八五年九月
增訂一版

《認識兒童詩》
中華民國兒童文學學會
一九九〇年十一月

《兒童詩歌研究》
復文圖書
一九八八年八月

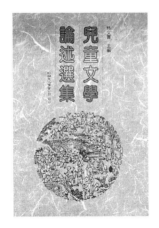

《兒童文學論述選集》
幼獅文化
一九八九年五月

《認識兒歌》
中華兒童文學學會
一九九一年十二月

《說故事的技巧》
時報文化
一九八八年十一月

《兒童文學評論集》　　《童話寫作研究》　　《西洋兒童文學史》
臺東師院語教系　　　　五南圖書出版公司　　東大圖書公司
一九九一年一月　　　　一九九〇年七月　　　一九八二年十二月

　　當時師資雖有，但素養似乎不足，且教師用書雖多樣，卻非基礎
學科的合適用書。兒童文學在師院時期成為顯學。後來由於〈師培培
育法〉的實施，再加上當時的民意趨向，促使師資多元化，終於各大
學於二〇〇二年紛紛成了「師資培育中心」，招收中小學師資班。雖
然兒童文學也是選修之一，無奈師範院校也開始解體：或改為綜合大
學；或合併到現有大學，僅存者亦易名為教育大學，實際上亦即是類
綜合大學。於是乎師資單元化的時代過去了，而兒童文學似乎也流轉
到各種學系裡去了，當然亦淪為稀有學科。

三　有關兒童文學教科書的觀察

　　臺灣地區師範院校開「兒童文學」課程，始於一九六〇年八月臺
灣省師範學校陸續改制為師範專科學校。當時中師校長朱匯森曾提起
當年在草擬師專課程之初，他和擔任兒童文學一科教學的劉錫蘭老師，

《我國兒童文學的演進
與展望》

《兒童文學研究》

《兒童文學》

《兒童文學研究》

《兒童讀物的寫作》

《談兒童文學》

到處收集有關兒童文學的參考資料。最後在美國開發總署哈德博士和亞洲協會白安楷先生等的協助下，好不容易才找到幾本可供參考。許義宗於《我國兒童文學的演進與展望》一書裡，認為師專是培育國小師資的搖籃，因而「兒童文學研究」科目的開設，至少有下列二點功用：

（一）建立兒童文學體系，有助於我國兒童文學的發展。

（二）激發師專生從事兒童文學研究興趣，給兒童文學做播種的工作。[2]

　　劉錫蘭編著的《兒童文學研究》一書[3]，這是臺灣地區目前可見正式出版的第一本兒童文學基礎性、通論性的教科書。於是所謂教科書或類教科書的兒童文學概論著作紛紛上路。本節觀察的時間是一九六〇年至一九九九年。其間以十年為一個時間，合計有四個時間段。二十一世紀前十年不在討論之列。以書計五十四種（上、下冊者以一種計），其中重複出版者有十。因此實際書種是四十一。試列表如下：

年代	20世紀 60	70	80	90	21世紀 前10年	20
書種	5	7	18	21	3	54

　　以下依時間段說明之

（一）六〇年代

　　可見著作有五種（見頁15書影）：

書名	作者	出版地	出版社	出版時間	開數	頁數
兒童文學研究	劉錫蘭	臺中市	省立臺中師專	1963年10月修訂再版	25	67
兒童文學	林守為	臺南市	作者自印	1964年3月初版，1973年11月修訂二版	25	173

2　1963年10月修訂再版。

3　見1976年12月自印本，頁14。

書名	作者	出版地	出版社	出版時間	開數	頁數
兒童文學研究	吳鼎	臺北市	臺灣教育輔導月刊社	1965年3月，1980年改由遠流出版	25	368
兒童讀物的寫作	林守為	臺南市	作者自印	1969年4月	25	149
談兒童文學	鄭蕤	臺中市	光啟出版社	1969年7月	32	124

　　上述五本是師專時代的早期教科書。而劉錫蘭《兒童文學研究》是第一本，列為省立臺中師範專科學校叢書（語文科教學研究之四）全書計十一章。可說簡約，今將其目次引錄如下：

　　當年劉錫蘭編寫的過程，朱匯森在為林守為《兒童文學》[4]一書的序文中說：

　　在我國於四十九年師專改制，才將兒童文學正式列入師範課程。記得草擬師專課程之初，我和擔任兒童文學一科教學的劉錫蘭先生，到處蒐集這科的參考書籍，多方努力，僅找到了幾本介紹兒童文學的小冊子及幾篇文章。最後蒙美國開發總署哈德博士及亞洲協會白安楷先生的協助，才有幾本書籍可供參閱。（見序文，頁3）

4　1964年3月，自印本。

朱氏是當時臺中師專校長，後轉任臺南師專任校長。

林守為《兒童文學》有十一章，第一章是總論，第十一章是：兒童文學活動的實施；其餘九章皆屬文體分論。本書是當時最受歡迎的教科書。文體分類中「作品選讀」是其特色。本書後來增訂為十三章，增加第十一章〈創作與改寫〉、第十二章〈兒童文學析賞〉，並於一九八八年七月交由五南圖書公司出版。

林守為的另一本《兒童讀物的寫作》，就書名而言已可見其用心；又就內容而言更見其特色與視野。今將其章次轉錄如下：

第一章　兒童讀物概說

第二章　兒童讀物與其讀者

第三章　兒童讀物作者的修養

第四章　兒童文學讀物的體裁與印法（上）

第五章　兒童文學讀物的體裁與印法（下）

第六章　兒童知識讀物的內容與形式

第七章　兒童的圖畫讀物

第八章　創作的過程

第九章　創作的技巧

第十章　翻譯與改寫

而其第二章〈兒童讀物與其讀者〉有七節，更見其特色與視野：

第一節　作者與讀者

第二節　兒童讀者的讀者

第三節　遊戲與閱讀

第四節　兒童閱讀的興趣與需要

第五節　兒童的接受能力

第六節　兒童觀念的發展

第七節　兒童常問的問題

　　至於吳鼎的《兒童文學研究》，更具規範，也是臺灣第一本較具學術性的著作，並有中國本土的特色。他是臺灣兒童文學的先行者，他在一九五九年元月，即在《臺灣教育輔導月刊》逐期發表兒童文學相關論述。本期另外四本書，似乎皆於取樣本書。其實，吳鼎在大陸時期（1942年）曾於《教育通訊旬刊》第五卷第二十八期發表過〈現代兒童文學泛論〉一文。[5]

　　而鄭蕤〈談兒童文學〉一書，或以輕鬆有趣為主。

第一章　兒童讀物概說　　　　　　　　　　　　　1-10

第二章　兒童讀物與其讀者　　　　　　　　　　 11-21

第三章　兒童讀物作者的修養　　　　　　　　　 22-31

第四章　兒童文學讀物的體裁與做法（上）　　　 32-47

第五章　兒童文學讀物的體裁與作法（下）　　　 48-68

第六章　兒童知識讀物的內容與形式　　　　　　 69-83

第七章　兒童的圖畫讀物　　　　　　　　　　　 84-97

第八章　創造的過程　　　　　　　　　　　　　 98-111

第九章　創作的技巧　　　　　　　　　　　　 112-127

第十章　翻譯與改寫　　　　　　　　　　　　 128-147

　　總結本期用書，皆附有參考書目。其間，《兒童讀物的寫作》一

5　王泉根編著：《民國文學文論輯評上》（太原市：希望出版社，2015年12月），頁505-
　　519。

書，每章皆有附註。至於吳鼎《兒童文學研究》一書，每章後面列有「研究問題」與「參考資料」（即參考書目）。且將兒童文學的形式分為四：散文形式、韻文形式、戲劇形式與圖畫形式。是以吳鼎《兒童文學研究》最具典範性與時代性；而林守為的著作則是以實用為主，且各書在文類分論中皆有「作品選讀」。

（二）七〇年代

可見書目如下：

書名	作者	出版地	出版社	出版時間	開數	頁數
兒童文學	文致編輯部	臺北市	文致出版社	1972年3月	25	118
師專兒童文學研究（上）	葛琳編著	臺北市	中華出版社	1973年2月	25	228
師專兒童文學研究（下）	葛琳編著	臺北市	中華出版社	1973年5月	25	176
淺語的藝術	林良	臺北市	國語日報社	1976年7月	25	248
兒童文學論	許義宗	臺北市	作者自印	1977年	25	266
如何實施兒童文學教學	陳東陞編著	臺北市	臺北市立女子師專	1977年6月，1978年5月再版	16	52
兒童的文學教育	王萬清	屏東市	東益出版社	1977年10月	25	183
兒童文學的認識與鑑賞	傅林統	臺北市	作文出版社	1979年10月	32	248

《兒童文學》

《師專兒童文學研究（上）》

《師專兒童文學研究（下）》

《淺語的藝術》

《兒童文學論》

《如何實施兒童文學教學》

《兒童的文學教育》

《兒童文學的認識與鑑賞》

所謂文致編輯部《兒童文學》一書，其實，作者就是錢畊莘，一九三四年七月世界書局印行。全書有六章，每章在〈第一節〉之前有本書討論下列各項問題。而各章結束則有〈練習問題〉。這是民國時期兒童文學教科書的通例。但未列參考書目。

葛琳編著《師專兒童文學研究》上下冊，即一九七三年度空中教養師專暑期部課程，由葛琳教授主講，二十五講次，兩個學分。全書僅在上下兩冊前面列有「兒童文學電視廣播傳授計劃表」。

林良《淺語的藝術》是另類的書寫方式，或說已可列入經典。

許義宗當時任教於臺北市立女子師專，專致於兒童文學相關研究。後來似乎轉向。

陳東陞亦任教於臺北市立女子師專，本書是教學研究叢書，其重點在於教學。

至於傅林統、王萬清是當時的小學教師。能致力兒童文學，或許與「兒童讀物寫作班」（1971-1989）有關，兩位是寫作班第一期（1971年5月3日～1971年5月29日）與第三屆（1976年3月8日～1976年4月3日）的學員。而傅林統也因此與兒童文學結緣一生。

這個時期教材的書寫方式，林良、王萬清、陳東陞等三人未列參考書目；其餘三人有。其中傅林統從日文著作為主要參考書目。而許義宗則以日文和英文為主，且各章皆有附註，參考書目中文、日文亦清楚標示出版年、月與版次。

（三）八〇年代

八〇年代可見書目如下：

書名	作者	出版地	出版社	出版時間	開數	頁數
兒童文學——創作與欣賞	葛琳	臺北縣	康橋出版事業公司	1980年7月	25	355
兒童文學研究	吳鼎	臺北市	遠流出版社	1980年10月	25	368

書名	作者	出版地	出版社	出版時間	開數	頁數
兒童文學與兒童圖書館	高錦雪	臺北市	學藝出版社	1981年9月	25	182
中國兒童文學	王秀芝	臺北市	自印本	1991年5月	25	293
兒童文學綜論	李慕如	高雄市	復文圖書出版社	1981年10月	25	434
慈恩兒童文學論叢（一）	林良、鄭明進等	高雄市	慈恩出版社	1985年4月	25	188
認識兒童文學	馬景賢主編、林良等著	臺北市	中華民國兒童文學學會	1985年12月	16	78
兒童文學	葉詠琍	臺北市	東大圖書公司	1986年5月	25	244
兒童文學故事體寫作論	林文寶	高雄市	復文圖書出版社	1987年2月	25	218
兒童故事原理研究	蔡尚志	嘉義市	百誠出版社	1988年2月	25	233
兒童文學講話	李漢偉	臺南市	供學出版社	1988年2月	13*21	91
兒童文學	林守為	臺北市	五南圖書出版公司	1988年7月	25	449
兒童文學理論與實務	張清榮	臺南市	供學出版社	1988年8月	25	175
中國兒童文學研究	雷僑雲	臺北市	臺灣學生書局	1988年9月	25	853
歐洲青少年文學暨兒童文學	D. Escarpit 著、黃雪霞譯	臺北市	遠流出版公司	1989年9月	18*12	188
兒童故事原理	蔡尚志	臺北市	五南圖書出版公司	1989年10月	25	264
兒童文學	祝士媛編著	臺北市	新學識文教出版中心	1989年10月	25	327

《兒童文學創作與欣賞》

《兒童文學研究》

《兒童文學與兒童圖書館》

《中國兒童文學》

《兒童文學綜論》

《慈恩兒童文學論叢（一）》

《認識兒童文學》

《兒童文學》

《兒童文學故事體寫作論》

《兒童故事原理研究》

《兒童文學講話》

《兒童文學》

《兒童文學理論與實務》

《中國兒童文學研究》

《歐洲青少年文學暨兒童文學》

《兒童故事原理》

《兒童文學》

　　在上列十七本中，有兩本外來書：《歐洲青少年文學暨兒童文學》、祝士媛編著《兒童文學》。前者原著作是法國，在臺灣首次出現「青少年文學」一詞；後者是第一本從大陸引進的教科書，本書分兩部分，第二部分〈兒童文學參研資料〉，實際上是增編的。

　　其餘十六本要以師專、師院教授為主，亦即是他們授課的教材。拙著為兩篇，第一篇發表一九七五年四月《東師學報》第三期；第二篇《兒童文學「故事體」寫作之研究》，原刊於一九八四年四月《東師學報》十二期，第一篇書寫格式仍屬傳統中文系的方式，第二篇已接受西方引進的論文方式，且在每章後列有〈建議參考書目〉，書目書寫方式與許義宗《兒童文學論》同，亦即是標明出版年、月。

　　在非師專、師院教授著作中，有兩本是一般大學教授著作，即高錦雪《兒童文學與兒童圖書館》與葉詠琍《兒童文學》。至於《慈恩兒童文學論叢（一）》，則是慈恩兒童文學研討會四屆講師授課的部分教材。

　　又李漢偉《兒童文學講話》，方式似《淺語的藝術》，行文如講話，可讀性強。

　　《認識兒童文學》是中華民國兒童文學學會編輯的一本入門書。在這個時期的書目中，有兩本以中國兒童文學為書目。王秀芝《中國兒童文學研究》一書，在文體分類有〈一、兒語——童詩的濫觴〉；而雷僑雲《中國兒童文學研究》一書，則是臺灣第一本以兒童文學為題的博士論文。

（四）九〇年代

書名	作者	出版地	出版社	出版時間	開數	頁數
兒童文學故事體寫作論	林文寶	臺東縣	省立臺東師範學院	1990年1月	25	298
兒童文學創作論	張清榮	臺南市	供學出版社	1990年6月	16	269
兒童文學的思想與技巧	傅林統	臺北市	富春文化公司	1990年7月	25	434
兒童文學講話	李漢偉	高雄市	復文圖書出版社	1990年10月增訂版	新25	201
兒童少年文學	林政華	臺北市	富春文化事業公司	1991年1月	25	494
中國兒童文學	王秀芝	臺北市	臺灣書店	1991年5月	25	356
兒童文學創作論	張清榮	臺北市	富春文化公司	1991年9月	25	358
兒童故事寫作研究	蔡尚志	嘉義市	百誠出版社	1992年1月	25	319
書・兒童・成人	傅林統譯		富春文化公司	1992年3月		
兒童故事寫作研究	蔡尚志	臺北市	五南圖書出版公司	1992年9月	25	307
兒童文學故事體寫作論	林文寶	臺北市	富春文化事業公司	1993年3月	25	365
兒童文學	林文寶、徐守濤、蔡尚志、陳正治	臺北縣	國立空中大學	1993年6月	25	441
兒童文學故事體寫作論	林文寶	臺北市	財團法人毛毛蟲兒童哲學基金會	1994年1月	25	365
兒童文學析論（上）（下）	杜淑貞	臺北市	五南圖書出版公司	1994年4月	25	1248

書名	作者	出版地	出版社	出版時間	開數	頁數
兒童文學的理論與創作	謝新福	桃園縣	桃園縣四維國小	1995月4月	25	113
「知識寶庫」廣播節目：兒童文學系列專集	國立中央圖書館臺灣分館推廣輔導組編	臺北市	國立中央圖書館臺灣分館	1995年9月	25	161
兒童文學	林文寶、徐守濤、蔡尚志、陳正治	臺北市	五南圖書出版公司	1996年9月	25	435
臺灣兒童少年文學	林政華	臺南市	世一文化事業公司	1997年7月	25	225
寫作縱橫談——兒童文學	李銘愛編著	臺北市	臺北市文藝協會	1998年9月	25	141
兒童文學概論	黃雲生主編	臺北市	文津出版社	1999年7月	25	416
歡欣歲月	傅林統譯	臺北市	富春文化公司	1999年11月		

《兒童文學故事體寫作論》

《兒童文學創作論》

《兒童文學的思想與技巧》

《兒童文學講話》

《兒童少年文學》

《中國兒童文學》

《兒童文學創作論》

《兒童故事寫作研究》

《書・兒童・成人》

《兒童故事寫作研究》

《兒童文學故事體寫作論》

《兒童文學》

《兒童文學故事體寫作論》

《兒童文學析論（上）》

《兒童文學析論（下）》

《兒童文學的理論與創作》

《「知識寶庫」廣播節目：
兒童文學系列專集》

《兒童文學》

《臺灣兒童少年文學》

《寫作縱橫談──兒童文學》

《兒童文學概論》

《歡欣歲月》

　　上列書目計二十一本。其中增訂版有李偉漢的《兒童文學講話》、《兒童文學故事體寫作論》；重新出版者有《兒童文學創作論》、《中國兒童文學》、《兒童故事寫作研究》與《兒童文學》。實際上是十五本。

　　這個時期，傅林統除了出版《兒童文學的思想與技巧》外，又從日本翻譯了被國際上譽為兒童文學理論著作的雙璧：《書‧兒童‧成人》與《歡欣歲月》。

　　林政華的兩本在書目上很醒目：《兒童、少年文學》與《臺灣兒童、少年文學》，惜乎後來亦轉向。

　　《兒童文學系列專集》是國立中央圖書館與國立教育資料館教育廣播電臺合辦的「知識寶庫」廣播節目演講整理匯集而成。

　　謝新福是小學教師，是兒童文學的實踐者；李銘愛是作家；至於黃雲生是浙江師範大學兒童文學研究所的教授：他每章後面列有〈複習思考題〉，而杜淑貞《兒童文學析論》一書，上下兩冊，全書計有一二四八頁，是目前可見最厚重的教材。

　　至於空大版《兒童文學》，則是臺灣地區第一本以課程規範的教科書。

　　空中大學於一九八六年八月奉准成立，當時成立時有人文、社會與商等三個學系。

　　一九九二年中，當時人文學系林益勝主任邀請我編寫兒童文學教材，我建議為求時效與專精，建議採合寫方式，於是委由我策劃，而後我是當時在師院講授兒童文學的三位老師（徐守濤、陳正治、蔡尚志），由我草擬章節構架，經由多次開會討論，並依校方編寫教材規範，分別由四位撰寫，而後並錄製上課影片。

　　空大《兒童文學》一書，計有九章，除第一章〈總論〉由我執筆，其餘八章皆為文類，兒歌、童話、兒童小說由陳正治負責，兒童詩、兒童戲劇由徐守濤撰寫，至於兒童故事、神話、寓言則由蔡尚志執筆。每章除第一章為三節外，其餘各章皆為四節。文類各章分意義、特質、寫作原作、作品欣賞等四節。而空大兒童文學教材與其他教材的差異，不在內容，而是在書寫方式的規範。其規範說明如下：

　　每章正文前有：學習目標與摘要。結束後有：自我評量項目。又我認為雖屬教材，亦當有學術的素養，於是每章在〈自我評量項目〉之後會有：註解與參考文獻，且參考文獻必有出版年、月。

四　結語

　　臺灣地區兒童文學教材的編寫，始於二十世紀六○年代，亦止於二十世紀末。二十一世紀（2000）值得一提的《閱讀兒童文學的樂趣》[6]一書，行文中有〈探索〉，以供探究與反思。二○○九年三月，天衛又重新出版全新第三版，這個版本 Mavis Reimes 加入撰寫行列，且全書的內文都經過修訂。至於國人的編寫，似乎幾近歸零，究其原因，當是師範體制崩潰，以及學科不再被重視所致。

《閱讀兒童文學的樂趣》

《閱讀兒童文學的樂趣》
（全新第三版）

　　然而，空大《兒童文學》之後，似乎也沒有人仿效其書寫方式。何其有幸，其後我又為空大策劃主編三門有關兒童文學的教科書。

　　《兒童讀物》，林文寶、許建崑、周惠玲等六人，臺北：空中大學，二○○七年十二月。

6　Perry Nodelman著，劉鳳芯譯：《閱讀兒童文學的樂趣》（臺北：天衛出版公司，2000年1月）。

《幼兒文學》，林文寶、陳正治、林德姮等五人，臺北：五南圖書公司，二〇一〇年二月。

《插畫與繪本》，林文寶、江學瀅、陳玉金等六人，臺北：空中大學，二〇一三年八月。

《兒童讀物》 　　　 《幼兒文學》 　　　 《插畫與繪本》

其書寫規範猶如一九九三年《兒童文學》，而空大《兒童文學》一書，於一九九六年九月改由五南出版社印行至今。

又最早劉錫蘭建構的授課章節，似乎亦無人仿效，或許林守為《兒童讀物的寫作》似近之。而沿襲下來的書寫方式，或以吳鼎、林守為的體例為主。（尤其林守為）亦即是總論一章，其餘是文類。或許也因此其學術性不足。

—— 見《火金姑》冬季號，2020年12月，頁162-168。

且說兩岸兒童文學交流

一　前言

　　一九八七年七月十五日零時，臺灣政府宣布解除長達三十八年之久的「戒嚴令」，同年十一月十五日以後，同意臺灣民眾可以赴大陸探親，兩岸關係從此展開另一新頁，非官方的民間接觸，也次第展開。政府並鼓勵民間多從事學術文化的交流活動，兒童文學界亦無法自外於這股交流的熱潮。

　　海峽兩岸兒童文學交流以來，亦已有近二十年的歷史，其間有交流、有合作，但過程並非順暢。個人自一九九六年負責籌設兒童文學研究所以來，即投入海峽兩岸兒童文學交流的實際與研究。

　　有關兩岸兒童交流的論述，目前可見的重要文獻有三：

一、海峽兩岸兒童文學交流之研究　主持人林文寶　國科會專
　　題研究計畫成果報告　一九九八年七月三十一日

二、兩岸兒童文學交流回顧與展望專輯（1987-1998）　策劃
　　主編林煥彰　中華民國兒童文學學會　一九九八年十月

三、海峽兩岸兒童文學的交流與研究　林文寶　見文化大學二
　　○○四年三月《回顧兩岸五十年文學學術研討會論文集》
　　下冊，頁七六五～七九七。（今收錄於二○一一年十一月
　　萬卷樓圖書公司《兒童文學論集》，頁一八一～二一一。）

　　本文〈且說兩岸兒童文學交流〉，是以個人二〇〇九年元月退休為分界。在退休之前，每年會帶學生、師長參訪大陸與兒童文學相關的學校、出版社等。退休之後只以個人身份進行交流。又本文所謂的交流，是以學術交流為主，其間不包括個人交流；亦不含出版品、徵文或活動營等事項。

二　兒童文學交流的簡史

　　個人致力於海峽兩岸兒童文學交流研究者，首推邱各容。

　　邱氏於一九八八年十月初，首度前往上海參加中國社科院和上海社科院合辦的「中華文學史料學學術研討會」，期間，結識豐子愷之女豐一吟、胡從經、洪汛濤、北師大朱金順等人。滬上之行，是開啟了海峽兩岸的兒童文學界從間接轉為直接的一扇窗口。邱氏返臺未久，即收到洪汛濤托人帶來的墨寶——「首航」，是祝福，也是期待。

　　邱氏在〈本是同根生，交流共此時〉一文中[1]，曾以「搭起一座座交流的橋樑」為標題，敘述兩岸兒童文學交流的過程。今以邱文為

1　見《兒童文學學刊》第六期上卷，頁222～246。

主，試簡述如下：

有關組織與組織的交流，始自「大陸兒童文學研究會」。該會係由林煥彰、謝武彰、陳木城、杜榮琛、陳信元等人發起籌組的。於一九八八年九月十一日成立，以研究大陸兒童文學為主的臺灣兒童文學團體，成員大多為兒童詩的創作者。

該會成立第二年，即一九八九年八月十一日～二十三日，林煥彰、謝武彰、陳木城、方素珍、杜榮琛、李潼、曾西霸等七人連袂前往大陸，在合肥（12～13日），上海師大（17日）、北京（21日）與大陸兒童文學工作者舉行三次的交流與座談，即是所謂的破冰之旅，首開海峽兩岸兒童文學交流的先鋒，成為臺灣對大陸兒童文學交流的重要窗口；同時，也是大陸了解臺灣兒童文學的跳板。因此，大陸兒童文學研究會的成立，以及該會會刊創刊，無形中具有積極的時代意義，對兩岸兒童文學的交流掀起了往後交流的高潮。邱氏稱之為建構兩岸兒童交流的第一座橋樑。

一九八九年，親親文化公司捐資成立「楊喚兒童文學獎」，該獎給獎對象為兒童文學創作品傑出者，或是對華文兒童文學有特殊貢獻者。惟從歷屆得獎名單（見邱文，頁231），可知該獎主要給獎對象是以大陸作家為主。文學獎有七次，特殊貢獻獎有九次，這是建構兩岸兒童文學交流的第二座橋樑。

民生報桂文亞小姐十餘年來，一直致力於促進華文兒童文學作品的出版和兩岸兒童文學的交流。無論是合辦徵文活動，作家作品討論，學術研討會，桂氏無不事必躬親，以力求盡善盡美。此外，民生報還數度邀請大陸兒童文學作家及學者來臺參觀訪問，活動內容豐富多元，有助相互了解與交流，這是建構兩岸兒童文學交流的第三座橋樑。

一九九六年東師兒文所一成立，即加入兩岸兒童文學交流的行列，讓交流的層面更寬廣、更多元。一方面於寒暑假帶領師生赴大陸

各有兒童文學研究生的學校進行交流；一方面邀請大陸學者到兒文所作短期訪問教學，或參加學術研討會。這是建構兩岸兒童文學交流的第四座橋樑。

兩岸兒童文學交流的實質和具體成果是出版。臺灣主要兒童讀物出版社大都有和大陸出版社合作的紀錄，這種合作出版是建構兩岸兒童文學交流的第五座橋樑。

隨著兩岸兒童文學交流的日益頻繁，對兩岸兒童文學作家作品也有更深入的認識和理解，並給予肯定與獎勵，十餘年來海峽兩岸兒童文學作家作品獲獎，是建構兩岸兒童文學交流的第六座橋樑。

邱氏在〈開花結果滿園香——一九九〇年以來，臺灣兒童文學的發展〉（下）一文中，曾對兩岸交流有扼要的概括：

> 在兩岸兒童文學交流過程中，由林煥彰等成立的「大陸兒童文學研究會」（1988年），後來擴大成立「中國海峽兩岸兒童文學研究會」，居中扮演相當重要角色。而民生報少年文藝版主編桂文亞則在出版合作、徵獎徵文合辦、作家邀訪等方面的努力。他們的心血是值得肯定的，他們的熱忱是值得喝采的。
>
> 至於一九九六年獲准設立的國立臺東師院兒童文學研究所，更是國內兒童文學學術研究向上提升的指標。這所全國首創的兒童文學研究所意味著兒童文學的研究已經朝專業研究的領域。首任所長林文寶教授，更因為長期從事兒童文學的學術研究與推廣，培養兒童文學理論研究的尖兵，在二〇〇〇年的五月，連中三元，分別是文訊雜誌的「教育貢獻獎」、中國文藝協會的「兒童文學獎」（兒童文藝獎）、信誼幼兒文學獎的「特殊貢獻獎」。這份殊榮，反映出國內相關機構對林所長長期致力於兒童文學的貢獻和精神的肯定，對他個人而言，的確是實至名歸。（《全國新書資訊月刊》第36期，頁10）

三 繼往開來的交流事實

二〇〇九年以後的交流，似乎以個人為主，且呈多元共生，但不離童書出版、閱讀推廣、語文教學與培訓營等。所謂學術交流，臺灣方面已缺乏主動性，今以三個主動單位方分別說明之。

（一）臺東大學兒童文學研究所

臺東大學兒童文學所兩岸交流活動項目		
項目名稱	時間、地點	與會者
一 北京海峽兩岸兒童文學論壇	二〇一五年九月一日～五日北京師範大學兒童文學研究所、國家圖書館	游珮芸（領隊）、林文寶、陳錦忠、黃雅淳、碩博士生十六人。
二 二〇一七年海峽兩岸兒童文學論壇	二〇一七年四月四日～七日金華浙江師範大學兒童文學研究所、南京師範大學教科院學前教育研究所	杜明城（領隊）、王友輝、藍劍虹、黃雅淳。碩博士生二十六人。

1 北京海峽兩岸兒童文學論壇

（1）《出國報告書》摘要說

二〇一五年九月一日至九月五日，兒童文學研究所由榮譽教授林文寶老師的引領，游珮芸所長帶隊，到北京禹田文化傳媒公司、國家圖書館少兒館與北京師範大學文學院兒童文學研究所等進行參訪與學術交流，並舉行了兩場學術交流會及一場研討會。本所參加者除了帶隊的兩位老師，還有陳錦忠老師、黃雅淳老師、六位在學的博士生、四位碩士生，以及一位目前在福建發展閱讀推廣的作家畢業生。

　　本次參訪，讓碩博生見識了大陸目前民間出版公司的規模、企圖與市場的蓬勃，也與當地的出版人、編輯、閱讀推廣人有進一步的接觸與對談；對於老師們來說國家圖書館少兒館的企畫與展覽、北京師範大學人文學院兒童文學研究的博士生研究題目與老師們的專長領域與著作，相當值得參考。另一方面，本所老師與碩博生多元的專長與跨領域的研究方向，也帶給對岸兒文研究與工作者深刻的印象。

　　此次深入的學術交流活動，有助於促成將來本校與北京師範大學交換研究生，老師們互訪研究與客座，同時打開碩博生的視野，將同是華文地區的對岸，放入兒童文學與文化相關產業推展活動的範疇，並建立其管道。

（2）交流議程表

「兒童閱讀與推廣」海峽兩岸交流會議程

時間	內容
	主持人：王志庚（國圖少兒館館長） 議程一：活動開幕
14:00-14:10	
	議程二：座談發言環節
14:10-14:25	發言一：身體閱讀實例分享 發言人：洪瓊君（臺東大學兒研所博士生）
14:25-14:40	發言二：臺灣地區兒童讀物的出版現狀觀察 發言人：游佩芸（臺東大學兒研所所長）
14:40-14:55	發言三：對大陸童書編輯和出版的思考 發言人：李昕（新經典文化・愛心樹童書總編）
14:55-15:10	發言四：大陸兒童閱讀推廣的現狀、經驗和問題 發言人：林靜（童書翻譯、早期閱讀推廣人）

時間	內容
15:10-15:35	發言五：國圖少兒館圖畫書書目研製工作的開展 發言人：康瑜（國圖少兒館副組長）
15:35-15:50	發言六：大陸中小學兒童閱讀推廣工作的開展 發言人：李一慢（新教育實驗學術委員、新閱讀研究所執行所長）
15:50-16:50	雙方座談
議程三：總結發言	
16:50-17:00	1. 林文寶教授總結發言 2. 王志庚館長總結發言

二○一五年兩岸兒童文學論壇

一、主辦單位：

　北京師範大學中國兒童文學研究中心

　臺東大學兒童文學研究所

二、論壇主題：

　「新世紀的兒童文學的創作、研究與出版」

三、會議議程：

Date / Time	2015年9月4日
09:10-09:30	**報到、開幕式** 主持人：吳岩（北師大中國兒童文學研究中心教授）
	專家論壇 主持人：游佩芸（臺東大學兒童文學研究所所長）
09:30-10:00	專題演講：王泉根教授 （北京師範大學中國兒童文學研究中心，主任）

10:10-10:40	專題演講：林文寶教授 （臺東大學，榮譽教授）
10:40-11:00	**茶敘**
11:00-12:20	座談會：大陸兒童文學創作與出版趨勢 陳　暉：北師大教授，圖畫書研究中心主任、中國兒童文學研究中心副主任 楊　鵬：兒童文學和科幻作家，楊鵬公司首席執行官 李冬華：兒童文學作家，《人民文學》雜誌副總編輯 保冬妮：兒童文學作家 顏小鸝：兒童讀物出版人，蒲公英童書館總編輯 杜　霞：北師大副教授，教育學部課程與教學研究院 岩崎文紀子：資深編輯，獨立出版人
12:20-13:30	**午餐**
	博士論壇
13:30-14:30	**第一場論文發表：兒童文學研究的多元化專題**
	主持人：張國龍（副教授，北京師範大學兒童文學研究中心副主任） 論文發表人： 洪群翔（臺東大學）：從馬克思的上下層結構淺談《飢餓遊戲》中的少年貢品 黃　蘭（北師大）：圖畫書教育應用的實踐與反思
	計2篇，每篇20分鐘，討論時間20分鐘。
14:30-15:00	**茶敘**
15:00-16:00	**第二場論文發表：林海音研究專題**
	主持人：黃雅淳（副教授，臺東大學兒童文學研究所） 論文發表人： 嚴小池（北師大）：女童視角下《呼蘭河傳》與《城南舊事》的比較研究 黃愛真（台東大學）：臺灣／北京書寫的猶疑與斷裂——林海音《蔡家老屋》兒童文學作品研究

	計2篇，每篇20分鐘，討論時間20分鐘。
16:00-17:00	綜合座談：兒童文學研究的趨勢與展望 4人，每人發言時間5～8分鐘，之後討論。 王泉根：北師大中國兒童文學研究中心教授 林文寶：臺東大學榮譽教授 陳錦忠：臺東大學兒童文學研究所教授 游珮芸：臺東大學兒童文學研究所所長，副教授
17:00	**賦歸**

（3）臺灣論文集

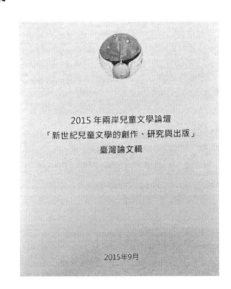

2015 年兩岸兒童文學論壇
「新世紀兒童文學的創作、研究與出版」
臺灣論文輯

2015年9月

（4）結案報告書

出國報告（出國類別：學術交流）

北京海峽兩岸兒童文學論壇

服務機關：國立臺東大學兒童文學研究所
姓名職稱：游珮芸　副教授兼所長
派赴國家：中國大陸
出國期間：2015 年 9 月 1 日~5 日
報告日期：2015 年 9 月 24 日

2　兩岸青年兒童文學創作交流

這是一〇五學年度第二學期兒童文化專題境外教學的活動，其說明如下：

（1）境外教學課程說明

一、緣起：本課程的基本構想是結合理論與實務，讓學生透過實際考察，理解國外兒童文學的學術與相關的出版現況。本次課程的活動主軸為大學參訪，設計密集的學術發表與討論，交流的對象為浙江師範大學、上海師範大學與南京師範大學。此外另安排參觀童書出版機構，讓選課學生獲得大陸兒童文學的第一手經驗。臺東大學兒童文學研究所與浙江師範大學兒童文化研究院長期以來已經建立了實質的學術合作關係，本課程重新締造中斷多年的研究生參訪，雙方皆期盼

能營造未來相關議題合作的基礎。南京師範大學是兒童文學所首度拜訪，交流的對象是頗負盛名的學前教育學院。至於上海師範大學則是與浙江師範大學安排的活動共襄盛舉。本次大陸參訪自四月一日至四月九日，前後為期九天，配合正規課程進行。除任課教師杜明城外，另三位兒文所專任教師王友輝、黃雅淳、藍劍虹亦參與學術參訪，並分別於金華、南京發表論文與演講。配合本課程參與大陸學術交流者共計二十五人，包含教師四人、博士生六人，碩士生十五人（含不選修學分之臺北班學生四人）。

　　二、「兒童文化專題」課程的規劃與實施：a. 授課對象：凡有本校有效學籍之兒童文學研究所博、碩士班學生皆可選修。臺北進修碩士學位班學生亦可參與交流行程，但由於學分數不同，不選修課程。b. 開課學分與課程進行方式：本課程計三學分，課程依序分為三個階段實施：第一階段：行前準備，包含相關學術交流內容的論文閱讀，指導老師將於行前備妥閱讀範圍之講義。第二階段：參訪階段，浙江師範大學與南京師範大學的研討活動，內容包括雙方學者的演講、研究成果分享以及博士生的論文構想發表，主題座談與參觀等等。第三階段：成果發表與展出，學生期末作業繳交。c. 碩、博士生作業規定：碩士生部分：每位碩士生須在參訪前提出其所欲熟悉之大陸作家至少一位。此為期末報告主要內容。博士生部分：每位博士生須擬定一篇構想中的論文，至少兩千字，於浙江師範大學與該校博士生相互觀摩切磋。該論文於期末定稿，並預備出版。d. 博士生代表論文發表題目：林孟寰：找回逝去的純真——臺灣當代偶戲中的兒童形塑；蔡宜容：我想把「兒童」忘記，可不可以？——閱讀的詩意、記憶與遺忘；蔡世惠：國中學科教學與兒少讀物的交織；孫莉莉：戴著鐐銬跳舞——從教材到圖畫書的領域課程幼兒用書改版創作反思。

（2）會議手冊

（3）結案報告

國立台東大學兒童文學研究所

105 學年度「兒童文化專題」境外教學
暨
浙江師範大學/南京師範大學學術交流
(106/4/1 至 106/4/9)

結案報告

（二）中國作家協會

中國作家協會兩岸交流活動項目		
項目名稱	時間、地點	與會者
一　兩岸兒童文學交流	二〇一三年九月二十二日北京、天津	臺灣：何綺華（領隊）、張子樟、林文寶、帥崇義、林世仁、林少雯、顏志豪、陳素宜、子魚、錢康明、陳木城、吳佳美。
二　兩岸青年兒童文學創作交流	二〇一一年七月三日～八日上海、南京	邱各容（領隊）、林少雯、張素卿、廖雅蘋、陳佳秀、林哲璋、蕭逸清、謝鴻文、王宇清、顏志豪。

中國作家協會兩次邀請臺灣學者、作家參訪，大陸主事者梁飛，臺灣是透過林少雯與兩個學會接洽，分別說明如下：（一）兩岸兒童文學交流：本次交流，臺灣由中國海峽兩岸兒童文學研究會出面處理，領隊何綺華，活動除參訪外，並於中國現代文學館、北京師範大學研究所與天津三處，舉行學術交流會，臺灣將有關交流活動，刊登於《兒童文學家》二〇一四年一月春季號五十一期（見下頁圖一）。
（二）兩岸青年兒童文學創作交流：中國作家協會港澳臺辦公室，邀請臺灣青年兒童文學作家赴大陸交流。臺灣由中華民國兒童文學協會理事長邱各容帶團，前往上海、南京從事兒童文學交流，臺灣方面，將創作交流內容刊登二〇一五年十月《火金姑》秋季號，是為〈兩岸青年兒童文學創作座談會特輯〉（見下頁圖二）。

圖一　　　　　　　　　　圖二

（三）福建少兒出版社

福建少年兒童出版社兩岸交流活動項目			
	項目名稱	時間、地點	與會嘉賓
一	海峽兩岸兒童文學交流二十周年紀念筆會	二〇〇九年十一月九日～十一月十三日福建武夷山	海飛、張勝友、張之路、王泉根、樊發稼、孫幼軍、韋葦、周銳、湯銳、方衛平、彭學軍、皮朝暉、蕭袤、商曉娜、桂文亞、林文寶、方素珍、余治瑩、邱各容、子魚等。
二	海峽兩岸兒童文學論壇	二〇一一年十月二十九日～十一月二日福建廈門	海飛、蔣風、張勝友、金波、王泉根、韋葦、樊發稼、束沛德、張之路、方衛平、朱自強、梅子涵、班馬、孫建江、莊之明、陳世明、馬景賢、林文寶、桂文亞、林煥彰、林世仁、方素珍、馮季眉、張子樟、杜明城、陳素芳等。

福建少年兒童出版社兩岸交流活動項目			
	項目名稱	時間、地點	與會嘉賓
三	首屆「海峽兒童閱讀論壇」	二〇一一年三月三十日～三月三十一日福建福州	海飛、林文寶、桂文亞、方衛平等。
	第二屆「海峽兒童閱讀論壇」	二〇一二年十月十九日～十月二十五日福建福州	海飛、林文寶、桂文亞、梅子涵、張子樟、方素珍、王林、王淑芬、林世仁、林芳萍、子魚等。
	第三屆「海峽兒童閱讀論壇」	二〇一四年十月十七日～十九日北京	海飛、束沛德、金波、樊發稼、王泉根、張之路、曹文軒、桂文亞、梅子涵、林文寶、張子樟、朱自強、方衛平、湯銳、陳暉、劉憲平、李東華、梁飛、何綺華、遊珮雲、黃莉貞、林瑋、王林、張國龍、王悅、王志庚、王蕾、孫慧陽、李一慢、田瑩、徐德榮、黃雅淳、吳肇祈、趙瓊、黃嵐、熊慧琴等。
	海峽兩岸兒童文學交流三十周年主題活動二〇一八年第四屆海峽兒童閱讀論壇暨首屆海峽兩岸童詩論壇	二〇一八年九月十四日～九月十五日福建福州	海飛、林煥彰、林文寶、張之路、王泉根、梅子涵、韋葦、徐魯、張曉楠、邵漢平、童子、小山、洪畫千、桂文亞、徐素霞、李黨、林瑋、林世仁、王淑芬、子魚、梁俊、雪野、丁雲、陳香、餘若歆。
	第五屆「海峽兒童閱讀論壇」	二〇一九年十一月二十五日～十一月二十	海飛、林煥彰、張之路、林文寶、徐德霞、王淑芬、林世仁、李黨、林瑋、章嘉淩、周惠玲、袁麗娟、金少

福建少年兒童出版社兩岸交流活動項目		
項目名稱	時間、地點	與會嘉賓
	九日 福建福州	凡、商曉娜、李秋沅、於瀟湉、向民勝、趙劍雲、劉東、吳夢川、劉虎、王天甯、王璐琪、左昡、吳洲星、周公度、兩色風景等。

　　二〇〇九年秋季，福建少年兒童出版社在福建武夷山舉辦的「海峽兩岸兒童文學交流二十周年紀念筆會」，邀請兩岸數十位兒童文學作家、學者，齊聚武夷山，共同探討兩岸交流的新契機。

　　二〇一一年十月底十一月初，又在廈門舉辦「海峽兩岸兒童文學論壇」。該活動邀請了兩岸三十多位作家、學者、出版人齊聚廈門，開啟兩岸兒童文化交流。

　　二〇一一年三月三十一日，在首屆「海峽兒童閱讀論壇」上，正式宣佈成立「海峽兒童閱讀中心」，以展開兩岸兒童文學界的溝通、交流與合作。

　　其間，「海峽兒童閱讀論壇」已舉辦五屆，二〇二〇年因疫情終止活動至今，「海峽兒童閱讀論壇」第三屆移師北京，並與中國作家學會舉辦林良作品研討會。這場研討會很學院化，是以兩岸五所兒文所師生為主軸，五所指的是臺灣臺東大學兒童文學研究所、北京師範大學兒童文學研究所、上海師範大學兒童文

學研究所、浙江師範大學兒童文學研究所與青島海洋大學兒童文學研究所。五所各推師生一人發表論文。

第四屆主題是：「以童詩之名，築彩虹之橋」，第五屆主題是：「圍繞原創兒童文學如何體現時代特徵與故事如何呈現中國元素」、「兩岸作家的責任與擔當」等議題。

二〇一二年起，福建少年兒童出版社啟動「臺灣兒童文學館」項目，將臺灣七十多年沉澱下來的優秀兒童文學和科普作品納入中國少兒出版的大版圖中，呈現給大陸的讀者。該板塊以系統地引進臺灣優秀兒童文學作品為初衷，重點選擇兒童文學領域中的主要門類和品牌作家、品牌作品逾三百種，取得了社會效益和經濟效益的雙豐收。

四　文化中國的交流理論

兩岸交流，雖有諸多矛盾的現象，亦有困境。解決之道，或許可將意識型態、統獨、國家定位等爭議放兩邊，而以「文化中國」做為切入點的交流理論。有關「文化中國」的相關論述，拙著《海峽兩岸兒童文學交流之研究》中，已有詳實的分析[2]。

把「文化中國」視為正面積極的「文化出擊」政策，且是海峽兩岸文化交流的原則指導，自當首推傅偉勳其人[3]。

何以「文化中國」能作為兩岸兩岸文化交流的原則？或交流之理論？

文化是人類傳達與溝通訊息的體系，透過文化交流可以增強彼此的認識與了解，並具有培養互信建立共識，促成文化融合彌平岐異的

2　詳見第伍章〈文化中國——交流理論的架構〉，頁126-171。

3　同上，頁159-162。

功能。是以錢穆曾說：「一切問題由文化問題產生，一切問題由文化問題解決。」[4]英國文化人類學者李奇（Edmund Leach）在《文化與交流》一書中，認為文化是人類傳達與溝通訊息的體系，而解讀文化現象所傳達的信息密碼其意義，則為人類學家最重要的任務。又美國哈佛大學教授亨廷頓（Samuel P. Huntington）似乎更強調文化的衝突面，他於一九九三年發表〈文化的衝突〉一文，認為未來新世界衝突的根本源頭，不會出於意識型態，也不會出於經濟。人類的大分裂以及衝突的主要源頭在於文化，國際事務當中最有力的行為者依然是民族國家，但是國際間的重大衝突，會發生在隸屬不同文化體系的國家與群體之間。文化與文化的衝突會主導未來的全球政治，而文化與文化之間的斷層線，會是未來的主戰場。本文的結論雖受批評責難，但亨氏所指宗教信仰和文化價值觀論為衝突的關鍵之見解，確極具啟發意義，並為傳統的「經濟利益」與「政治權利」衝突增添新義。[5]

　　一般而言，所謂「文化交流」是指兩個異質文化之間的互動歷程，並常利用跨文化比較的研究方法，思考種族與文化的差異。然而，臺灣與大陸基本上都屬於一個同質的文化，兩岸在中華文化大傳統之下，已形成了差異，因此，兩岸文化交流應可視為中華文化在不同空間、時間、制度差異之間的一種溝通歷程。且兩岸領導階層與海內外學者亦皆已有繼承和發揚中華文化的共識。尤其臺灣地區，歷來以維護及發揚固有文化為職志，也主張以文化作為兩岸交流的基礎，提升共存共榮的民族情感，培養相互珍惜的兄弟情懷。在浩瀚的文化領域裡，兩岸應加強各項交流的廣度與深度。因此，以中華文化或「文化中國」為基礎增進兩岸文化交流，似已成為彼此間的共識與期待。

4　見一九八三年，正中書局，《文化學大義》，頁2。

5　有關李奇、亨廷頓之說皆見〈海峽兩岸文化交流的歷程與展望——文化衝突與價值的省思〉一文，該文見《兩岸文化交流理念歷程與展望》，頁116。

　　兩岸的文化交流，實質上是透過接觸、溝通和交流，增進彼此的認識與了解，學習對不同文化和意見的尊重，亦即是中國文化和現代相互接引的過程。在交流的理論裡，其基本的起點和立足處皆在於中國文化。而所謂的「文化中國」之理念，足以統合當前諸多紛擾的、片面的、狀況的；政治中國的分裂、經濟中國的多樣，皆可統合於「文化中國」這一理念之下。以「文化中國」作為統合點與可行途徑的指引，似不失為一可行之道。在以「文化中國」作為交流的理論或原則指導的交流過程中，仍會有面臨文化衝突與價值選擇的問題。

五　小結

　　文化交流是維持兩岸良性互動、化解敵意對峙的良方。而所謂「文化中國」的交流理論，更是無庸置疑，因為現今的中國仍處於分裂的狀態中，不僅政治對峙與領土分割問題尚無法看到解決的曙光，兩岸社會體制亦極為不同，因此，以「文化中國」作為統合點與可行途徑的指引，似不失為可行之道。「文化中國」呼籲之所以被提出，除了文化角度之思考外，亦呼應政治的現實形勢與需要。所謂「文化中國」的交流理論，一方面想以中國歷史文化作為兩岸統合的基礎（因為兩岸雖已分裂，畢竟仍擁有共同的歷史文化）；一方面也想以重建一個文化中國做為未來的目標。

　　兩岸文化交流雖然日益密切，但就兒童文學的角度視之，我們仍有下列的建議：

　一、在各種文化交流中，兒童文學應該是最中性、最純潔的場域，可是我們似乎看不到官方有效的助力。為今後之計，宜加強與重視兩岸的兒童文學交流。

二、在兩岸的交流活動中，一般而言，大多認為文化交流是最不涉及政治層面，最直接、最有共通性，而且雙方都能互惠互利，但是兩岸面對文化交流的問題，仍然心中有結，又愛又怕。一方面希望有突破性的發展；一方面又怕受到傷害。究其原因，一是雙方的互信不夠，對立的戒心還未解除；兩岸的制度不同，生活方式差距很大，彼此對很多事情的認知不同。換言之，兩岸的文化交流，雙方能摒除泛政治化的心態建立互信，則是當務之急。

——「第八屆兩岸發展論壇」線上視訊，福建師範大學福建師範大學文學院主辦，2021年9月18日。

林先生與兒童文學

一　前言

　　林先生於二〇一九年十二月二十三日清晨在睡夢中安然離世，隨即看到林瑋在 Line 告知。而當天亦收到福建少兒出版社虞昌昊來訊要紀念文，二十五日截稿，全部追悼文章二十五日晚上發布於福少社網路平臺。

　　又二十四日當天亦收到《鹽分地帶文學》總編輯路寒袖來電要我寫篇文章，這篇文章發表於新刊號八十五期。

　　因為林先生的離去，使我翻箱倒櫃，掘出一些深藏的記憶與圖片。而今天有機會講話，更使我百感交集。大會給我的命題：從臺灣兒童文學史的角度談林良。雖然我是研究者，尤其是史料文獻，我也寫過幾篇有關林先生的文章，仍有力不從心之感，又

《鹽分地帶文學》

這次研討會論文，頗為壯觀，於是我將內容稍加變動，改為：林先生與兒童文學。

二　我與林先生

我在一九七一年八月到臺東師專，一九七三年開始講授兒童文學，當時可參考的資料不多，而林先生的相關文章，是我最方便的入門文章。後來先生的《淺語的藝術》出版，如獲珍寶，更是案頭必備之書。而後因緣結識，也因此與林先生結緣數十年，亦師亦友的情誼，個人一直以先生稱之。

猶記與林先生較長時間與深入的交談，是一九八四年十二月十八日起三天，在臺東、玉里、花蓮舉行的兒童文學研習，這個活動是由當時省立臺東社教館主辦的活動。而我在春節期間也找出活動結束後林先生給我的信，與可能是當時的照片，還有一九九一年的一張手繪賀卡。特存此以紀念。

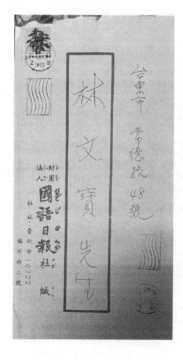
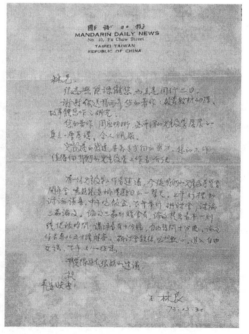

在林先生一路的鼓勵與參與的過程中，唯一回報的是有機會為林先生效勞：

其一，是編選了先生的兩本兒童文學論集。在二〇〇〇年，與邱各容承接文建會「兒童文學百年」的書寫計劃案。在撰寫臺灣兒童文學史、編輯臺灣兒童文學史文論選集的過程中，再度接觸到臺灣兒童文學早期論述部分。在過程讓我重新認識吳鼎，並引發我編輯林先生兒童文學論述選集的念頭，且當時又在博士班開了一門「臺灣兒童文學專題研究」，於是，把收錄林先生有關兒童文學論述文章作為重點功課。

從搜尋到判讀，從影印到研讀，再以研讀到細讀。當時定稿一百來篇，而後又再逐篇細讀與共同討論，從一百多篇減訂為四十四篇，最後的定稿是現在三十五篇，收錄的原則，除論述本身的意義與價值之外，文章篇幅不少於三千字。

當時出版部黃莉貞同意出版，並將文稿轉交給林先生過目，文稿定名為《更廣大的世界》、《小東西的趣味》（《國語日報》，2012年10

月）兩本。國語日報於二〇一二年十月六日舉行新書發佈會，並將這
兩本書由我獻給林先生作為八十八歲生日禮物，這是我聊表敬意的唯
一方式。當時參與的博士生與助理有：林素文、江福佑、黃愛真及顏
志豪。

林良先生八十八歲生日

《更廣大的世界》

《小東西的趣味》

　　其二，是將林先生的作品引進大陸。二〇〇九年秋季，福建少年兒童出版社在福建武夷山舉辦「海峽兩岸兒童文學交流二十週年紀念筆會」，邀請兩岸數十位兒童文學作家、學者共同探討兩岸交流的新契機。自二〇一一年起，又陸續舉辦了「海峽兩岸兒童文學論壇」「海峽兒童閱讀論壇」「海峽兩岸青少年快樂讀書會」等品牌活動，推動兩岸出版交流的步伐。二〇一二年起，福建少年兒童出版社啟動「臺灣兒童文學館」項目，將臺灣七十多年沈澱下來的優秀兒童文學和科普作品納入中國少兒出版的大版圖中，呈現給大陸的讀者。該板塊以系統地引進臺灣優秀兒童文學作品為初衷，重點選擇兒童文學領域中的主要門類和品牌作家、品牌作品逾三百種，取得了社會效益和經濟效益的雙豐收。

　　在過程中我與桂文亞、張子樟、方衛平四人是社方的諮詢者，我們強力推薦以林先生為主軸，社方並於二〇一四年三月正式聘我們四人為顧問，我們隨即建議舉辦林先生作品研討會，於是有了二〇一四年九月十九日於北京，與中國作家協會舉辦的《林良作品研討會》，這場研討會很學院化，是以兩岸五所兒文所師生為主軸，五所指臺東兒文所、北京師大兒文所、上海師大兒文所、浙師大兒文所與青島海洋大學兒文所，五所各推舉師生一位發表論文。

福建少年兒童出版社主辦兩岸交流活動項目	
項目名稱	時間、地點
海峽兩岸兒童文學交流二十週年紀念筆會	二〇〇九年十月福建武夷山
海峽兩岸兒童文學論壇	二〇一一年十月福建廈門
首屆「海峽兒童閱讀論壇」	二〇一一年三月福建福州
第二屆「海峽兒童閱讀論壇」	二〇一二年十月福建福州
第三屆「海峽兒童閱讀論壇」	二〇一四年九月北京
海峽兩岸兒童文學交流三十週年主題活動二〇一八年第四屆海峽兒童閱讀論壇暨首屆海峽兩岸童詩論壇	二〇一八年九月福州
第五屆「海峽兒童閱讀論壇」	二〇一九年十一月福州

三　林先生與兒童文學

　　林先生一九二四年十月十日出生於福建廈門市。一九四三年（19歲）在福建漳州小家報紙的副刊上發表了第一篇散文，一九四六年發表第一篇短篇小說，刊於福建廈門《青天》文藝月刊。夏天由廈門到臺灣在臺灣國語推行委員會工作，一九五○年擔任《國語日報》編輯，二○○五年四月從《國語日報》社董事長職位榮退。退休後仍筆耕不輟，一生獲獎無數，致力兒童文學創作長達六十餘年，計創作、翻譯達兩百餘冊。其成名作《小太陽》，於一九七二年五月由純文學出版社印行，隔年獲中山文化基金會「文藝創作獎」。

　　林先生用筆名子敏寫散文，用本名林良寫兒童文學。散文代表作：《小太陽》、《永遠的孩子》[1]（見圖一、圖二），而其散文應屬親子共讀的兒童文學。

圖一　《小太陽》　　　　圖二　《永遠的孩子》

1　林良：《永遠的孩子：80篇散文林良爺爺細說——他是這樣長大的！》（臺北：國語日報社，2013年）。

先生的兒童文學創作寬廣，似乎觸及各種文類，可視一生奉獻給兒童文學，且溫柔照拂兒童文學，其成就可以得獎知其一二，試將其重要得獎轉錄如下：

年份	事件
一九七三年	散文集《小太陽》獲中山文化基金會「文藝創作獎」。
一九九三年	獲信誼基金會「兒童文學特殊貢獻獎」
一九九四年	獲「國家文藝獎兒童文學特別貢獻獎」
一九九六年	獲「楊喚兒童文學獎兒童文學特殊貢獻獎」
二〇〇三年	十月八日獲新聞局「金鼎獎終身成就獎」
二〇一一年	十二月十三日獲「第一屆全球華人文學星雲獎特別獎」
二〇一二年	六月二十五日獲「第十六屆國家文藝獎」
二〇一五年	十一月十二日獲頒二等景星勳章。

又以先生為題的學位論如下：

	出版年	論文名稱	畢業科系	研究生	指導教授
1	二〇一六年	林良散文修辭研究——以《月光下織錦》、《小太陽》為例	臺北市立大學／中國語文學系／碩士／人文學門／中國語文學類	洪瑋鴻	陳正治
2	二〇一四年	林良的文學理念與散文創作	佛光大學／文學系／碩士／人文學門／中國語文學類	陳佩芬	陳信元
3	二〇一三年	林良童詩於國小國語文教學之應用研究	臺北市立教育大學／中國語文學系碩士班／碩士／人文學門／中國語文學類	張明玉	陳光憲

（續）

	出版年	論文名稱	畢業科系	研究生	指導教授
4	二〇一二年	林良兒歌《看圖說話樹葉船》音韻風格研究	國立彰化師範大學／國文學系／碩士／人文學門／中國語文學類	李雅惠	張慧美
5	二〇一一年	林良兒童詩歌語言風格研究	國立臺中教育大學／語文教育學系碩博士班／二〇一一／碩士／教育學門／普通科目教育學類	林詩恩	周碧香
6	二〇〇九年	林良散文在國小寫作教學的應用——以國小三年級為例	國立屏東教育大學／中國語文學系／碩士／人文學門／中國語文學類	林玉華	余昭玟
7	二〇〇九年	林良散文研究——以家庭書寫為對象	國立嘉義大學／中國文學系研究所／碩士／人文學門／中國語文學類	蕭立馨	王玫珍
8	二〇〇八年	林良童詩之研究	國立臺南大學／國語文學系國語文教學碩士班／碩士／人文學門／中國語文學類	洪培雯	李漢偉
9	二〇〇七年	林良散文運用於國小高年級閱讀教學之研究	國立新竹教育大學／人資處語文教學碩士班／碩士／人文學門／臺灣語文學類	李先雯	黃雅莉

（續）

	出版年	論文名稱	畢業科系	研究生	指導教授
10	二〇〇七年	林良散文研究	國立臺北教育大學／語文與創作學系碩士班／碩士／人文學門／其他語文學類	黃雅炘	張春榮
11	二〇〇三年	林良的兒童文學理念在小學語文教材上的運用	國立花蓮師範學院／語文科教學碩士班／碩士／教育學門／普通科目教育學類	陳志哲	羅秋昭
12	二〇〇〇年	林良的兒童文學作品研究	臺北市立師範學院／應用語文研究所／碩士／人文學門／外國語文學類	林淑芬	陳正治

先生兒童文學創作，幾乎觸及各種文體。目前有關討論的專書有：

書名	編著	出版社	出版年月
《林良和子敏》	中國海峽兩岸兒童文學研究會企劃、編輯	葉強出版社	一九九三年十月
《耕耘者的果樹園——林良先生序文選集》	中國海峽兩岸兒童文學研究會企劃、編輯	葉強出版社	一九九三年十月
《兒童文學資深作家作品研討會——林良先生作品討論會論文集》	中華民國兒童文學學會編印	中華民國兒童文學學會編印	二〇〇〇年十月十五日

（續）

書名	編著	出版社	出版年月
《永遠的小太陽》	林良、林瑋著	遠見天下文化出版公司	二〇一三年十一月

　　前兩本是中國海峽兩岸兒童文學研究會為先生七十歲慶賀的兩本書，最後一本是林瑋寫她爸爸從童年到青年這期間的傳記故事，我們期待會有更多的人來研究。

　　有關先生對兒童文學的執著與理念，我就以先生的一首童詩，與
第十六屆得國家文藝獎的得獎理由與感言，或許更能有深刻理解：

駱駝

駱駝有寫不完的
沙漠故事
每一步就是一個字。
長長的故事夠他寫，
忘了日曬，
忘了口渴，
從來不問；
到了沒有？
到了沒有？

（林良：《蝸牛：林良的78首詩》，臺北：國語日報社，
2017年12月，頁46-47）

得獎理由

　　持續創作六十年，作品具卓越及累積性成就；對於兒童文
學具開創性、原創性之貢獻。作品語言自由活潑，以特有的淺
語美感織就文章，形塑和諧溫馨的藝術風格。

得獎感言

淺語的藝術

　　很高興能得到這個獎。很感謝國家文化藝術基金會給我這
一份榮耀。對一個八十八歲的老人來說，這更是一種福氣。這

個獎給我帶來的，是一份溫馨的關懷，溫馨的勉勵。等於告訴我說，如果覺得寫作是一件有趣味的工作，就繼續寫下去，不必介意自己的年齡。在文學創作的領域裏，作者的年齡是沒有多大意義的。

我的第一篇散文寫作，是在福建漳州一家報紙的副刊上發表，而且拿到了稿費。那時候我已經十九歲，是一個小學教師。從那時候起，散文就成為我喜愛的文學文類之一。一九四八年《國語日報》創刊，我先後為這份報紙寫了兩個散文專欄，從最初的〈茶話〉到今天的〈夜窗隨筆〉。這兩個專欄，我一寫就寫了四十多年。我的嘗試和體會是：散文可以從生活中取材，而且可以用最自然的語言來書寫，只要能保持文字的美感，維護文學的尊嚴。

最令人感激的是：評審委員會還提到我的兒童文學寫作，把散文寫作和兒童文學創作視為一體，並不把兒童文學排除在文學的門外。這種卓越的研判，令我十分感動。
成人接受文學的薰陶，被看成一種當然的權利，兒童也應該同樣的享有。傑出的詩人為成人讀者寫詩，同樣也可以為小孩子寫詩。傑出的作家為成人讀者寫小說，同樣也可以為小孩子寫故事。這就是兒童文學存在的理由，也是兒童文學作家存在的理由。

我開始在《國語日報》擔任兒童副刊的主編，年齡已經二十五歲。我認識了許多長輩和同事的子女，跟他們成為朋友。從此以後，對我來說，「兒童」不再是一個抽象的概念，而是活活潑潑的個體。我為他們寫作，包括兒歌、童詩、童話和故事，嘗試以淺顯的語言從事文學創作，把兒童文學定位為「淺語的藝術」。這項寫作，呈現在國語日報的專欄和許多兒童雜誌上。我為兒童寫作的一枝筆，現在也有六十多歲了。

　　　　寫作的時候，我們付出的是真誠，但是真誠跟得獎並沒有直接的關係。得獎實在是一種福氣，靠的是評審委員的思考、評價和判斷。我在這裏，要特別感謝評審委員對我的期許。也要感謝《國語日報》多年來給我許多嘗試的機會。更要感謝我的家人，因為我的寫作，他們長期忍受寂寞而不抱怨。還要感謝對我的寫作感到興趣的許多讀者。他們都是給我帶來這份福氣的貴人。

四　林先生在兒童文學史上的地位

　　先生在兒童文學上的成就是有目共睹，至於從兒童文學史上的定位，似乎要有更詳實的論證。

　　我僅就個人研究所得，舉三個例證如下：

（一）《臺灣兒童文學史》[2]

　　本書原是建國百年補助民間提案的計劃案，原名《臺灣兒童文學一百年》[3]，當時時間倉促，結案在即。雖然能如期完成，卻發現疏漏頗多，幾經修正，重新出版，並易名為《臺灣兒童文學史》。

　　本書書寫體例，每篇第二節是人物。所論人物是指對該時期有開創或引領者而言。個人將先生列於〈第四章：1964-1987（經濟起飛到解嚴前一年）〉，這時期的人物有：林海音、潘人木、陳千武、陳梅生、林良、鄭明進等六人。

　　先生為人溫良恭儉讓，人們常稱「臺灣兒童文學的大家長」、「臺灣兒童文學的導師」、「永遠的小太陽」。所謂大家長、導師，是指其

2　林文寶、邱各容：《臺灣兒童文學史》（臺北：萬卷樓圖書公司，2018年7月）。
3　林文寶、邱各容：《臺灣兒童文學一百年》（臺北：富春文化公司，2011年11日）。

參與推廣與引領臺灣兒童文學的發展，這種參與並非主動或強行涉入，而是主動的參與和關心。更是一種溫柔的照拂，而非霸性的開創。一九八四年先生與文友一同發起成立「兒童文學學會」，被推舉為首屆理事長，當時即建議理事長為一屆三年，不得連任。至於小太陽指其溫暖。

　　臺灣兒童文學界的發展與氛圍，絕對與先生的精神境界有關。

（二）《臺灣（1945-1998）兒童文學 100》

　　這是文建會主辦，臺東師院兒童文學研究所承辦的「臺灣兒童文學一百」評選活動，時間是一九九九年七月至十二月。評選結果結集成《臺灣（1945-1998）兒童文學100》[4]，同時亦於三月二十四日～二十六日在臺北市立圖書館總館十樓會議廳，舉辦研討會，並有《臺灣兒童文學100研討會論文集》一書[5]。

4　《臺灣（1945-1998）兒童文學100》（臺北：文建會，2000年3月）。
5　《臺灣兒童文學100研討會論文集》（臺北：文建會，2000年3月）。

當時，評選「臺灣兒童文學100」的意義與目的是：

一、重視兒童與迎接二○○○年兒童閱讀年的實踐行動。

二、為兒童閱讀年提供本土的優良兒童文學作品。

三、在新世紀之初，期待由一百名著之研討，為有心寫史者，
建構出一部包含：故事、童話、小說、寓言、民間故事
（含神話、傳說）、兒歌、兒童詩、兒童戲劇、散文、繪
本的臺灣兒童文學史大綱。[6]

而評選原則，每種類型以不超過十本為原則。承辦方提供兩千餘
本的候選書目，初選票選人員包括臺灣地區現行兒童文學民間團體會
員、圖書館相關從業人員、教授兒童文學課程者，合計一二五○人，
回收四百，票選文類共計十類。票選的原則是以歷史發展為經，作家
與作品為緯，初選者就熟悉及閱讀過的作品進行圈選，每種類型以不
超過十本為原則。複審則由諮詢委員、評選委員共同就初選結果，逐

6　見《臺灣（1945-1998）兒童文學100》，〈緣起與態度〉一文。

本討論，依據質量不同，世代性（十年為一個世代）、時代性，且同
一世代、同一作者以一本為原則，合計選一〇二本。

在這一〇二本的入選作品，林先生入選十一本，名列第一。在十
種文類中橫跨七種文類，且三種文類入選二本，可見其跨世代性。試
將其入選作品列表如下：

兒童故事：七百字故事。

童話：小鴨鴨回家。

小說：

寓言：

民間故事：

兒歌：小動物兒歌、林良的看圖說話。

童詩：林良的詩。

兒童戲劇：一顆紅寶石。

散文：爸爸的十六封信、林良的散文。

繪本：我要大紅雞、小紙船看海。

（三）〈有關林良先生的兒童文學論述〉

本文是福建少兒出版社二〇一四年九月十九日於北京舉辦林良作
品研討會的發表論文，今收錄於拙著《兒童文學論集（三）》[7]

7　《兒童文學論集（三）》（臺北：萬卷樓圖書公司，2018年，11月），頁95-104。

　　兒童文學在臺灣的發展是緩慢的。直到一九六〇年師範學校改制為師專開始，其中語文組有了兒童文學的課程設計，於是有了教科書，也開始被人接受與關注。林良先生雖然是以創作見長，但是他的論述亦見特色與重要性。林良先生的第一部兒童文學論文集《淺語的藝術》，一九七六年七月由國語日報附設出版印行。今謹將在《淺語的藝術》之前的論述出版書目列表如下：

序號	書名	作者	出版地	出版社	出版時間	尺寸	頁數
1	中國兒歌的研究	劉昌博	高雄縣	作者自印	1953年7月	21×15	〔7〕+36
2	怎樣講故事	王玉川編著	臺北市	國語日報附設出版部	（1961年5月第一版）1982年8月第五版	18.5×13	〔2〕+392

（續）

序號	書名	作者	出版地	出版社	出版時間	尺寸	頁數
3	兒童閱讀及寫作指導	王逢吉編著	臺中市	臺灣省立臺中師範專科學校	1963年10修訂再版	21×15	〔2〕+98
4	兒童文學研究	劉錫蘭編著	臺中市	臺灣省立臺中師範專科學校	1963年10月修訂再版	21×15	〔4〕+67
5	兒童文學	林守為編著	臺南市；臺北市	作者自印；五南圖書出版公司	（1964年3月初版，1965年10月再版，1970年9月修訂版，1972年11月修訂二版）1973年11月修訂三版；1988年7月增訂版	20.5×14.5；21×15	〔4〕+173；449
6	兒童文學研究	吳　鼎編著	臺北市；臺北市	臺灣教育輔導月刊社；遠流出版公司	（1965年3月初版）1969年10月再版；（1980年10月）	21×15；21×15	〔16〕+368；368
7	兒童讀物研究	張雪門、司琦等	臺北市	小學生雜誌畫刊社	1965年4月	19.5×13	〔20〕+398
8	童話研究	吳鼎等	臺北市	小學生雜誌畫刊社	1966年5月	19.5×13	〔14〕+473

（續）

序號	書名	作者	出版地	出版社	出版時間	尺寸	頁數
9	國語及兒童文學研究	瞿述祖主編	臺中市	臺中師範專科學校	1966年12月	21×15	〔6〕+260
10	國民小學圖書管理與閱讀指導	陳思培編寫	臺北縣	臺灣省國民學校教師研習會	1969年3月	21×15	〔4〕+109
11	兒童讀物的寫作	林守為	臺南市	作者自印	1969年4月初版，1970年3月再版	21×15	〔8〕+148+〔1〕
12	談兒童文學	鄭蕤	臺中市	光啟出版社	1969年07月	18.5×13	〔12〕+124
13	怎樣指導兒童課外閱讀	邱阿塗	臺中縣	臺灣省政府教育廳	1971年3月初版，1981年3月增訂版	21×15	〔2〕+62
14	兒童文學	文致出版社編輯部	臺北市	文致出版社	1972年3月	21×15	118
15	「世界兒童文學名著」欣賞	國語日報社出版部編	臺北市	國語日報社	1972年9月	19.5×13	〔14〕+120
16	怎樣指導兒童寫詩	黃基博	屏東縣	臺灣文教出版社	1972年11月	19×13	〔2〕+41
17	師專兒童文學研究（上）	葛琳編著	臺北市	中華出版社	1973年2月初版，1975年11月再版	21×15	〔8〕+228

（續）

序號	書名	作者	出版地	出版社	出版時間	尺寸	頁數
18	師專兒童文學研究（下）	葛琳編著	臺北市	中華出版社	1973年5月	21×15	〔6〕+176
19	兒童文學創作選評	曾信雄	臺北市	國語日報附設出版部	1973年10月	21×15	〔9〕+213
20	怎樣講故事說笑話	祝振華	臺北市	黎明文化公司	1974年4月	19×13	〔9〕+103
21	兒童文學研究（第一集）	謝冰瑩、吳鼎等	臺北市	中國語文出版社	1974年11月	19×13	〔4〕+122
22	兒童文學研究（第二集）	葉楚生、陳紀瀅等	臺北市	中國語文出版社	1974年12月	19×13	〔6〕+122
23	兒童文學散論	曾信雄	臺南市	聞道出版社	1975年1月	18.5×10.5	〔5〕+66
24	兒童文學論著索引	馬景賢編著	臺北市	洪建全教育文化基金會書評書目出版社	1975年1月	21×15	104
25	兒童詩歌欣賞與指導	王天福、王光彥編著	基隆市	基隆市國民教育輔導團	1975年5月	21×15	〔2〕+87

（續）

序號	書名	作者	出版地	出版社	出版時間	尺寸	頁數
26	淺語的藝術	林良	臺北市；臺北市	國語日報附設出版部；國語日報社	1976年7月，2000年7月修訂版	21×15；21×15	〔8〕+248；338

　　其間，文致版《兒童文學》，作者錢耕莘，原書為世界書局於一九三四年七月出版。

　　再從發展史的事實考察，劉錫蘭《兒童文學研究》是第一本論著，而林守為《兒童文學》則是當年的長銷教科書，但他們兩人的論述則都有以吳鼎的論述做為重要參考書目。吳鼎著作出版於一九六五年三月，他在自序說：「一部四十幾萬字的稿本，竟寫了十年。」可見吳鼎當年是自覺性的論述。事實上，吳鼎於五十年代末期，即在期刊上發表相關兒童文學論述，而林良先生亦於六十年代中期，開始在期刊上發表有關兒童文學論述文章。

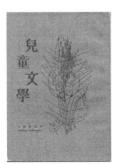   

　　林良先生的兒童文學論述，成書者有四本：

　　　淺語的藝術　　國語日報附設出版部　　一九七六年七月
　　　純真的境界　　國語日報社　　　　　　二〇一一年十月

更廣大的世界　國語日報社　　　　　二○一二年十月
小東西的趣味　國語日報社　　　　　二○一二年十二月

　　除外，林良先生有成人的文學論述《陌生的引力》一書，原書於一九七五年一月由純文學出版社出版，一九九七年九月改由麥田出版社股份有限公司出版。至於後兩本論述，是我與博士生花了將近一年時間，收集與整理後編選而成。

　　「淺語的藝術」理當源於「語言的藝術」，而語言的藝術則是西方當代文學以來有共識的文學概念，這個概念或始於新批評。

　　用「淺語的藝術」來定義兒童文學，這是林先生的詮釋，或許有人認為不周全。但是「淺語的藝術」已然成為臺灣兒童文學理論史上的典範。

　　其實，林先生不只認為兒童文學是「淺語的藝術」。他甚至認為：

> 　　文學是一種「淺語」的「藝術」。因為它是「藝術」，所以這個「淺語」並不是「淺人的藝術」。它是「深入」的「淺語」。「深入」是指那種氣質不凡，有超過常人的才華，思想深刻，能技巧的運用現代語言的人。他能在平凡的月亮和江水之間發現一種「月湧大江流的關係」。……。
>
> 　　他不是一個「淺人」，他很「深」，有時候「深」得「深不可測」，「深不見底」。但是由於「生活——語言——文學」這種藝術的「宿命」，他永遠只作「淺語」，「淺語」是他的本色。……
>
> 　　我忽然發現，「文學」不是一種「記誦文學」。文學的「創作活動」並不是「天長地久有時盡，此恨綿綿無絕期」的重複古人的佳句，而是「不斷的發現新境」；因為它是一種藝術：「屬於深入」的「淺語的藝術」。（見麥田版《陌生的引力》，頁31-32）

五　臺灣兒童文學的未來與展望

　　當代兒童文學在數位化時代的圖書中，在《兒童文學經典手冊》[8]

8　〔美〕麗貝卡・J.盧肯斯，傑奎琳・J.史密斯，辛西婭・米勒・考甫爾著，李娜譯（臺北：臺灣商務印書館，2019年3月）。

一書中，認為三個特點橫貫其中：

一、關聯性

二、互文性

三、廣泛性（詳見60-61）

而每個特點又涵蓋三個變化：

一、視角的變化

二、界限的變化

三、形式的變化（詳見61-67）

　　我們知道文學也是演化而來，而演化的主力來自環境與自身基因，我們了解一個時代有一個時代的文學。而所謂時代差異，亦即是由其組成要素使然。法國人伊波利特・阿道夫・泰勒（Hippolyte Adolphe Taine, 1828-1893）提出藝術文學三要素：種族、環境與時代。此學說

的理論形成是在《英國文學史引言》中，而後在《藝術哲學》[9]一書發揚光大。

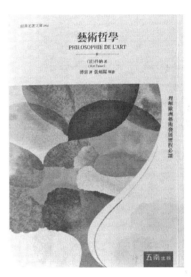

　　其後，劉若愚（1926-1986）在《中國文學理論》[10]中，將亞伯拉姆斯（M.H. Abrams, 1912-2015）在《鏡與燈——浪漫主義文論及其批評傳統》[11]一書中藝術四個要素，稍加易動其用詞，改為文學的要素，並改變其圖式。

9　《藝術哲學》（臺北：五南圖書出版公司，2019年5月）。

10　〔美〕劉若愚著，杜國清譯：《中國文學理論》（臺北：聯經出版公司，1981年9月）。

11　《鏡與燈——浪漫主義文論及其批評傳統》（北京：北京大學，1989年12月）。

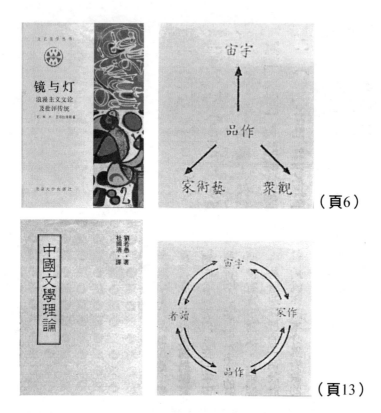

（頁6）

（頁13）

　　圖示中的宇宙，可包括人和動作、觀念和感情、素材和事件，以及超感知覺的素質。基於四個要素的構建，對當下臺灣兒童文學的未來與展望，但個人仍強調「種族」的重要性，以下擬兩方面來說明。

（一）基本認知

　　或可稱之為基本認知，又分兩點說明。這是有環境與認同的認知。

1　消費時代

　　消費時代是社會演化的必然，三十年前遠流出版社計畫出版《社會趨勢叢書》，邀請詹宏志先生做為叢書的主持人，而詹宏志也以

《趨勢索隱》作為叢書的第一本，並於一九八六年四月正式出版，而
後陸續出了三十多本。其中有關消費者有：《消費者主權時代》（1989
年7月）、《創‧遊‧美‧人》、《遊戲化社會》（1990年5月）。這些書是
以日本譯作為主，其中亦有國人著作。

　　《社會趨勢叢書》在當時對國內來說是趨勢索隱，如今已然強勢
到臨。以下試以引文以見一斑。

A　《創‧遊‧美‧人》[12]

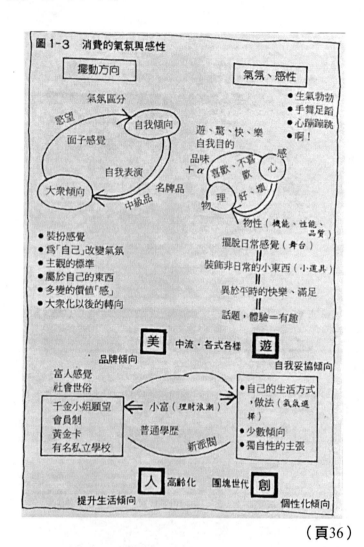

（頁36）

<hr />

12 平島廉久著，黃美卿譯：《創‧遊‧美‧人》（臺北：遠流出版公司，1990年2月）。

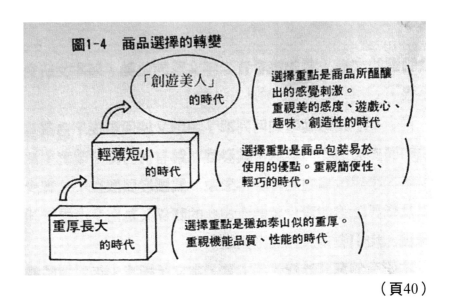

（頁40）

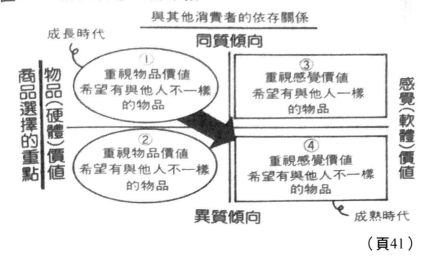

（頁41）

全書軸心在於創・遊・美・人，簡單圖示如下：

創	遊	美	人
創造意識	遊戲意識	美感意識	人性意識
1 知性創造 2 親手製作 3 演出的創造	1 愉快 2 趣味 3 驚奇	1 視覺美 2 舒適美 3 真實美	1 輕鬆、體貼、溫柔 2 懷舊的成功與喜悅 3 現代人的團圓樂趣

B 《風格社會》[13]

劉維公《風格社會》主要是以西方現代化觀點入徑。認為今日的消費在於風格取向。今將簡化圖示如下：

其重點在於：炫、酷、秀異

其特質在於：意象傳達、美學體驗

其背後核心在於：消費　　文化

其基本論述：文化工業　　文化產業（文創）

文化工業是以**第一現代**作為**生產**的核心生活脈絡。

而**第二現代**是以**消費**為核心。

消費：一、第二現代的生活重心

　　　二、展示品味

生活美學：一、微觀的個人生活技術

　　　　　二、宏觀的經濟文化產業

---

13 劉維公：《風格社會》（臺北：天下雜誌公司，2006年8月）。

C 《第4消費時代》[14]

這也是日本人的著作，仍以引圖片已見階段及消費特徵。

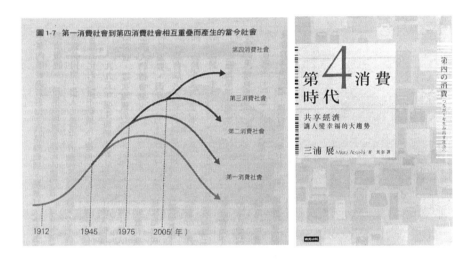

圖 1-8　消費社會的四個階段
　　　　以及消費特徵

14 三浦展著，馬奈譯：（臺北：時報出版公司，2015年5月）。

時代劃分	第一消費社會 1912-1941	第二消費社會 1945-1974	第三消費社會 1975-2004	第四消費社會 2005-2034
社會背景	從日俄戰爭勝利至中日戰爭 以東京、大阪等大城市為中心的中產級誕生	從戰敗、復興、經濟高度成長期至石油危機 大量生產、大量消費 全國一億人口中產階級化	從石油危機到低成長、泡沫經濟、金融破產、小泉改革 差距拉大	雷曼危機、兩次大地震、經濟長期不景氣、雇傭不穩定等導致收人減少 人口減少導致消費市場縮小
人口	人口增加	人口增加	人口微增	人口減少
出生率	5	5→2	2→1.3-1.4	1.3-1.4
老年人比率	5%	5%→6%	6%→20%	20%→30%
國民價值觀	national 消費屬於私有主義，整體來講重視國家	family 消費屬於私有主義，重視家庭、社會	individual 私有主義、重視個人 個性化	social 趨於共享、重視社會
消費取向	西洋化 大城市傾向	大量消費 大就是好 大城市傾向 美式傾向	多樣化 差異化 品牌傾向 大城市傾向 歐式傾向 從量變到質變	無品牌傾向 樸素傾向 休閒傾向 日本傾向 本土傾向
消費主題	文化時尚	每家一輛私家車 私人住宅 三大神器 3C	每家數輛 每人一輛 每人數輛	聯繫 幾人一輛 汽車分享 住宅分享
消費承擔者	中產階級家庭 時尚男女	小家庭 家庭主婦	單身者 啃老單身	所有年齡層裡單一化的個人

　　消費時代是後現代社會演化中，最能體現的普世現象。在消費時代中的兒童文學，亦只是商品而已，頂多是所謂有品格或高級的精神食糧。消費時代的消費意識與商品行銷的原則是「創、遊、美、人」，用更落實的話說：消費時代的美學是生活藝術化；藝術生活化。一切的商品皆用文化來包裝與行銷。

2　《文學人類學教程》[15]

　　二十世紀人類學的世紀之旅可以總結出意義深遠的三大發現。這正是後來居上並給整個人文社會學科帶來重要轉向的關鍵所在：人的發現、文化的發現、現代性原罪的發現。

　　所謂人的發現，是指人類學這門學科第一次實踐對全球範圍的不同文化和不同族群的全面認識，並在此基礎上宣告：地球上任何一個角落的任何一個族群，不論其生產力與物質水平如何差異，在本質上都是同樣的族群種屬，其文化價值也同樣沒有優劣高下之分。

---

15 葉書憲：《文學人類學教程》（北京：中國社會科學出版社，2010年7月）。

　　文化的發現是人類學界講述得最多的一面，是二十世紀人類最重要的發現。廣義的文化是相對於自然而言的；宇宙萬物中唯獨人類創造了文化，因此人可以定義為文化動物。狹義的文化即小文化概念，是指人類的特定族群所持有的一整套感知、思維和行為特徵。在這一意義上，人類學家說到愛斯基摩文化、瑪雅文化、古希臘文化和納西族文化等。於是，通過研究文化，人類學能夠解釋以往不得其門而入的許許多多的人類族群之差異及社會構成原理。

　　現代性原罪的發現，指通過對世界上千千萬萬不同文化的認識和比照，終於意識到唯獨在歐美產生的資本主義生產生活制度及現代性後果，是一種特殊文化現象，它既不是人類普世性的理想選擇，也不是未來人類唯一有美好預期的方向選擇。從生態和地球生物的立場看，現代性已經將人類引入危險和風險之途。

　　人類學的文化相對原則，一方面啟發人們用平等的眼光重新看待世界的主流文化與非主流文化；另一方面也自然導向一種全球公正理論，使得盲從西方現代性的主流思考方式受到質疑：為什麼總數以千計的原住民社會在沒有外界干預的情況下是可持續的，而現代化的高風險社會反而是不可持續的！處在前現代的文化——原住民生態文化作為鏡子，反照出現代文明的醜陋和瘋狂的一面。[16]

　　因此，對於各族群文化，則採文化並置〈cultural juxtapoition〉，文化並置是出自人類學理論的一個命題，後來推廣運用到文學藝術和影視創作，指寫作中常見的一種技巧，及通過將不同文化及其價值觀相並列的方式，使人能夠從相輔相成貨相反相成的對照中，看出原來不易看出的文化特色或文化成見、偏見。文化並置所帶來的認識效果，類似日常生活中的反觀或者對照。在反觀之中，可將原來熟知的東西陌生化，從大家習以為常的感知模式超脫出來。在後殖民批判的

16　以上見葉舒憲：《文學人類學教程》，頁14-15。

視野中，文化並置會以激進的邊緣立場，對所謂正統觀念和主流價值加以顛覆、翻轉。[17]

（二）思考面

有關思考個人提兩點，前者是屬於兒童性的問題；後者是有關美學問題。

1 《i 時代報告》[18]

此處指的是當下的兒童，而不談童年的建構，當下的兒童，實際上就是網路原住民，所謂「i 世代」的「i」指的二○○七年 iphone 的問世，二○一○年 ipad 的到來，而其的 i 由其是網際網路（Internet），因此而網際網路正式從一九九五年開始商業化，因此「i 世代」是指一九九五年～二○一二年出生的這些人，這個世代最後止於二○三○年。

今將其個世代時段分佈圖列如下：

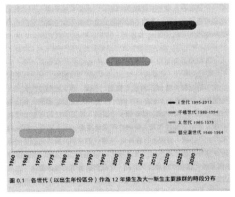

17 同註16，頁120。

18 珍·特溫格著，林哲安、程道民譯：《i 時代報告》（臺北：大家／遠足文化公司，2020年4月）。

又「i世代」形塑了十種趨勢：

一、不急著長大

二、上網時間大量增加

三、不再親身互動

四、不安全感

五、無信仰

六、備受保護，欠缺內在動力

七、對收入缺乏安全感

八、不明確（指性、婚姻與子女）

九、包容

十、跳脫黨派立場。（見頁7-8，詳見全書）

於是，我們不得不質疑，i 世代的兒童是否會堅持兒童本位的文本？

2　兒童美學

在兒童文學領域裡似乎缺乏相關兒童美學的論述，我僅就美學的範疇提供參考。

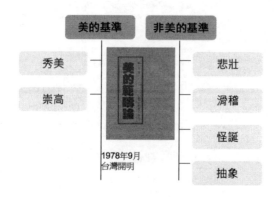

所謂滑稽美學即是醜的美學，其特質有：

滑稽的醜不含不快的性質。

滑稽之醜應不含同情之性質。

滑稽的醜係瑣碎的，而非嚴肅。

滑稽的醜低於吾人的精神價值水平。

滑稽的醜自對比中產生，自笑之中消失。

（《美的範疇論》，頁259-261）

於是，我不得不質疑兒童到底接受哪一種？

總結以上論述，我們再以簡單圖式來說作者本身的主體性。做為本節的結束。

六　小結

如果有可能，期待林先生的作品，能有機會結集成套。更期望能有以先生為名的獎項出現。最後，我再引艾略特在〈傳統與個人才能〉一文中的幾段作為結束，並呼應前面丹納的種族說。

傳統並不是可以繼承的遺產；假如你想獲得，非下一番功夫不可。最重要的是傳統含有歷史的意識，那是任何一位二十五歲以後仍想繼續做詩人的人幾乎不可缺少的；這種歷史的意識包含一種認識，即過去不僅僅具有過去性，同時也具有現在性；歷史的意識使一個作家在提筆寫作的時後不僅僅在骨髓中深切地感覺到自己的時代，同時也感覺到自荷馬（Homer）以來的歐洲文學整體以及其中一部份的自國文學整體是一個同時的存在，而且構成一個同時並有的秩序。這種歷史的意識是對超越時間即永恆的一種意識，也是對時間以及對永恆和時間何而唯一的一種意識：這是一個作家所以具有傳統性的理由，同時也是使一個作家敏銳地意識到自己在時代中的地位以及本身所以具有現代性的理由。（頁4-5）

艾畧特肖像　　　　　　　《艾畧特文學評論選集》

（臺北：田園出版社，1969年3月）

我說林先生已遠去，屬於先生的時代亦已結束，而先生也因此成
為我們的傳統。

——見《永遠的小太陽——林良先生作家與作品論文集》，
2020年10月10日，頁8-13。並見《火金姑》冬季號，
2021年12月，頁124-144。

走出閱讀的誤區

一　前言

　　閱讀是上個世紀末以來，全球教育的趨勢用詞，以前稱之為讀書。二十一世紀初有了 PIRLS、PISA 等國際測試，於是閱讀成為顯學。大陸於二〇一九年九月全國統一採用統編語文課本。而早在二〇一七年官方亦針對未來新教材在閱讀方面相關措施的說明。但師長們仍有諸多疑慮與困擾，是以本文擬對閱讀提出相關的解說。如課程標準中的事實、閱讀的意義、閱讀的相關認知，而後解讀閱讀的三大誤區，並提供有關閱讀的書目，以做為師長們以身做則的自我進修，最後再做結語。全文在書寫過程中力求簡明，是以有諸多圖表以便閱讀。

二　閱讀在語文課程標準中的事實

　　分幾點說明如下：
一、學校課程由基礎型課程、拓展型課程和研究型課程構成。基礎型課程強調促進學生基本素質的形成和發展，體現國家對公民素質的最基本要求。基礎型課程由各學習領域體現共同基礎要求的學科課程組成，是全體學生必修的課程。
二、語文課程標準中的學習內容（2011年版）

1、識字與寫字。

2、閱讀。

3、寫話（習作）。

4、口語交際。

5、綜合性練習。

「閱讀」並有說明課外閱讀量。又附錄二〈關於課外閱讀的建議〉

三、溫儒敏：〈用好部編本小學語文教材值得注意的十一個問題〉，
《小學語文教師雜誌》（2017年7月18日）

二〇一九年九月份，全國小學就要統一使用部編本小學語文新
教材了。下面，我想結合老師們接觸這套新教材之後可能比較
關心的若干問題，來做些說明。一共有十一個問題。（以下為
重點問題）：

1、一年級為何要改為先識字，再學拼音？

3、和大人一起讀是什麼欄目，要列入教學計畫嗎？

5、識字寫字教學，如何做到更有科學性？

6、如何上好古詩詞，有無必要讓孩子學國學？

8、為何要提倡閱讀教學的「1＋X」？

9、怎樣設計「快樂讀書吧」課？

11、別濫用多媒體，要袪除繁瑣病。

四、〈如何破解語文新教材最讓人關注的八個教學難題——統編小
學語文執行主編陳先云一一做答〉（陳先云：人民教育出版社，
2017年10月11日）

1. 亮點有三：識字拼音的編序改變；加強中國傳統文化教育的內容；課外閱讀課程化。

2. 克服地域差異的問題：基本原則是具有彈性與適應性，做到：下要保底，上不封頂。

3. 古詩文有了較大幅度的增加。

4. 課外閱讀：和大人一起讀快樂讀書吧。

　　總之，從以上得知，在基礎型課程中並無「閱讀」，它只是在語文課程的學習內容之一，是傳統語文中「聽、說、讀、寫」中的一項。但閱讀的重要性是有目共睹，是以溫儒敏、陳先云兩位語文課程執行者解說、如何將閱讀納入課文中以便教師教學。

三　閱讀的意義

　　分三點說明之：一、閱讀的意義：閱讀的歷程就學術而言，是複雜不易理解，今以圖表列之：

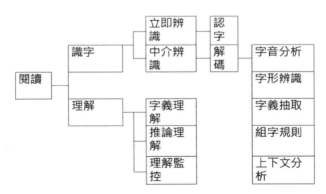

（《故事結構教學與分享閱讀》，頁9，心理出版社，2004年5月）

但就實際教學而言，閱讀的成分主要分為識字與理解，列表如下：

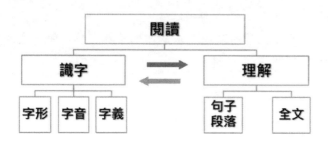

　　什麼是閱讀？閱讀的成分主要分為識字與理解：**一、識字**：識字就是辨識文字的字形，並從大腦記憶中提出該字形的字音與字義。學識字，就是學習如何辨識文字的字形，並建立該字形與字音、字義間的連結。有效的識字學習策略包括瞭解文字部件的結構與功能，遇到有相同部件的生字時，能夠運用已學到的文字知識,更有效率地學習新字並充詞彙。**二、理解**：理解就是將文字辨識後所得詞義加以整合，以獲得文句、段落、章的意義。學理解就是學習如何將詞義、句義、段義加以整合，達到瞭解章意義的目的。有效的理解學習策略包括有意識地監控自己的閱讀過程；透過不斷地推論、自我提問，找出全文的大意、主旨。

　　二、近年來閱讀概念發生了基本性變化。

	传统概念		新概念	
定义：	□單方向 □知识的获取		□ 全方位: □ 知识的获取 □ 构建、反思和使用	
元素：	□词汇 □流畅性 □理解		□ 信息获取 □ 分析推理	□ 整合诠释 □ 恰当使用

　　三、素養。素養是教育改革以來課綱的基因。所謂素養是一個人為適應現代生活和面對未來挑戰，應具備的知識、能力和態度。以前

教育目標是學知識，現在是要學素養。素養是什麼？「閱讀」和「素養」到底有什麼不同？國際閱讀協會成立六十年後，在二〇一五年改名為國際素養協會，該協會官網定義為：

> 在任何文脈下，利用跨領域的視聽及數位材料進行區辨、理解、詮釋、創造、估算與溝通的能力。

　　未來的教育強調的不再是海綿般的吸收知識，而是批判式、跨領域思維，及解決問題的習慣，才叫做素養教育。

　　課堂教學已逐漸轉化為以學生為中心，這是所謂的**翻轉教室**。更由此演化出所謂國際性的「國民核心素養」教育。核心素養的教育，最重要的三個關鍵是：一、學習者為中心；二、注重個別差異化；三、生活中的實踐及應用。[1]

　　而大陸的核心素養列表如下：

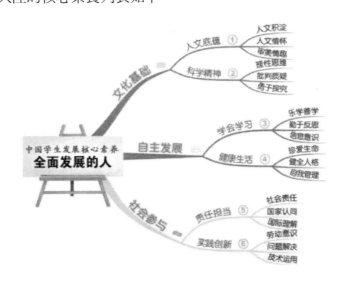

1　劉政暉：《學校最該教什麼？》（臺北：時報文化出版公司，2018年8月），頁24。

四　閱讀的相關認知

（一）Chall 的閱讀發展理論

　　Jeanne Chall（1921-1999）是美國哈佛大學一位很著名的閱讀心理學家，Chall（1996）認為閱讀發展階段從幼小的孩子到成人的閱讀之間，閱讀行為在每個階段會產生不同的特徵，根據各階段的特殊性，將閱讀發展分為〇到五，共六個階段。

階段別	閱讀期	閱讀期	年級	行為描述
階段〇	出生到6歲	前閱讀期 Prereading		1.約略知道書寫長什麼樣，哪些是（或像是）書寫。 2.認得常見的標誌、符號、包裝名稱。 3.會認幾個常常唸的故事書中出現的字。 4.會把書拿正，邊唸邊用手指字。 5.看圖書故事或補充故事內容。 6.會一頁一頁翻書。
階段一	6到7歲	識字期 Initial Reading, or Decoding	1-2年級	1.學習字母與字音之間的對應關係。 2.閱讀時半記半猜。 3.認字的錯誤從字形相似但字義不合上下文，到字形、字義都接近原來的字。
階段二	7到8歲	流暢期 Confirmation, Fluency, Ungluing from	2-3年級	1.更確認所讀的故事。 2.閱讀的流暢性增加。 3.為閱讀困難是否有改善的重要契機。

階段別	閱讀期	閱讀期	年級	行為描述
		Print		4.為建立閱讀的流暢性，大量閱讀許多熟知的故事是必要的。
階段三	9到14歲	閱讀新知期 Reading for Learning the New	三A：4-6	1.以閱讀方式來吸收新知。 2.先備知識和字彙有限，閱讀的內容屬於論述清楚、觀點單一。 3.剛開始以聽講方式吸收訊息的能力比以閱讀方式吸收訊息的能力為優；到後期以閱讀方式吸收訊息的能力則優於前者。 4.字彙和先備知識增長的重要時刻。 5.學習如何有效閱讀訊息。
			三B：7-8（9）	
階段四	14到18歲	多元觀點期 Multiple Viewpoints	國高中	1.閱讀的內容長度和複雜度增加。 2.閱讀的內容觀點多樣化。
階段五	18歲以上	建構和重建期 Construction and Reconstruction	大學	1.選擇性閱讀 2.即使是大學生也不一定達到階段五。 3.讀者不是被動接受作者的觀點，他會藉由分析、判斷以形成看法。

整理自Chall, Jeanne, 1983. Stages of Reading Development. New York: McGraw Hill. Pp. 10-24

　　Chall 承認自己提出的理論乃是架接於 Piaget 的認知理論，與 Piaget 的理論有異曲同工之妙。Chall 也主張「閱讀是一種問題解決的形式，讀者在調適或同化的歷程中，適應環境的要求」，後一個閱讀發展階段乃奠基於前一個階段，但並不表示一定要前者發展完備才能進入下一個階段。而閱讀或學習障礙學童在階段一和二有相當大的困難。對於有閱讀困難的孩子要及早提供協助，否則拖到階段三以後，會讓孩子在各方面的學習都受到拖累，以致於原本只是識字困難，到後來聯認知發展都落後了[2]。

　　Chall 的理論，可分為三個階段：愛上閱讀、學會閱讀、閱讀中學習。Chall 的理論有幾點特色值得注意：1. 閱讀發展從〇歲開始。打破以往閱讀準備度的說法，她並不認為閱讀是上學以後才開始的，也就是說，即便為上學接受正式的閱讀教學，孩子在無意中仍然可能學會一些書本和文字的概念，這種說法基本上呼應了讀寫萌發的主張。2. 閱讀發展是終身的。閱讀發展即使到了成人階段仍然不斷成長，此外，也並非所有的個體都能發展至階段六。3. 發展階段對教學或評量皆具指標性的引導作用。

（二）閱讀成分的教學比重

隨著年級的成長，
生字詞教學的比重降低，
閱讀理解教學的比重增加。

低年級		中年級		高年級	
生字詞	理解	生字詞	理解	生字詞	理解

2　見Chall, 1996 p.120。

（三）閱讀技能的線性層次

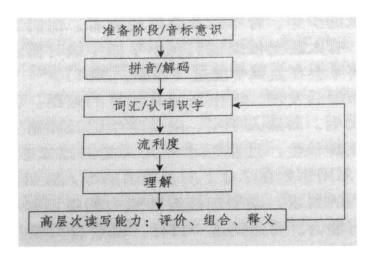

（四）閱讀的目標

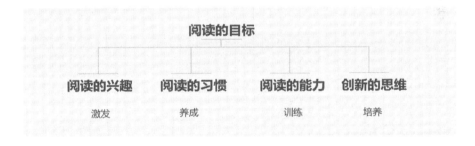

五　閱讀的誤區

　　個人認為自閱讀推廣以來，常見有三大誤區：

　　其一，對兒童文學的認識不足。兒童文學是為兒童量身打造的精神食糧，它是一種晚起的新的文類。現代的兒童文學或源於十七世紀工業革命中產階級興起之後，再加上思潮的推動，於是兒童中心觀念於焉逐漸形成，而聯合國也於一九八九年十一月二十日通過「兒童權

利公約」，並於一九九○年九月二日正式生效，成為一項國際法，試列其演進如下：

一九二三年國際聯盟起草「兒童權利宣言」。

一九二四年九月二十六日國際聯盟通過「日內瓦兒童權利宣言」。

一九四八年十二月十日聯合國通過「世界人權宣言」。

一九五九年十一月二十日聯合國通過「兒童權利宣言」（U. N. Declaration of the Rights of the Child）

一九七八年波蘭政府撰擬「兒童權利公約」草本。

一九七九年起聯合國工作小組審查前項草案，該年並訂為「國際兒童年」。

一九八九年十一月二十日聯合國通過「兒童權利公約」（U. N. Convention on the Rights of the Child）該公約於一九九○年九月二日正式生效，成為一項國際法。

因此，我們對兒童文學應有下列的認識：

一、兒童文學是緣於教育兒童的需要。

二、兒童文學的書寫原則是立足於兒童心理、生理與社會等方面發展的需要。

三、兒童文學並不是單指狹義性的文學。

四、兒童文學指涉對像是○至十八歲。

廣義的兒童文學即是兒童讀物。教科書、工具書、亦是屬於廣義的兒童文學。

又兒童文學有兩大門類和五個層次。兩大門類指兒童本位與非兒童本位，而我們時常喜好非兒童本位的作品；五大層次即指嬰兒文

學、幼兒文學、童年文學、少年文學與青少年文學。兩大門類和五個
層次列表如下：

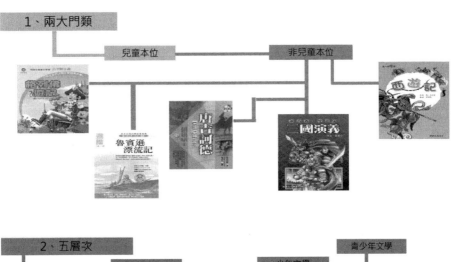

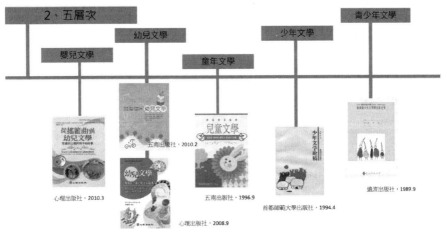

　　其二、課內、課外不分。課內指「部定課程」，這是學生必須學
習的部分，不論你是否喜歡，且其課程的高度是超越「兒童本位」的
程度。至於課外閱讀是「部定課程」之外。總之，課外閱讀是學童尋
找可能天賦的最佳時段，也是自主學習的時段，理論上是他們喜歡
的，也是自己選擇的。而時下所謂課外閱讀，明明是課外，卻把它當

課內處理，如果當課程處理，理當有教學目標、教材與教學方法的規範，而事實上是一片空白，於是各校與教師似乎是八仙過海，各顯神通，花招百出，外加作業、測驗、評鑑滿天飛，其實受害者是學童。如今，閱讀回歸到課文本位的教學，或許有緩和課內、課外不分的亂象。所謂兒童閱讀，既是課外又何必有太多的干預，閱讀有休閒、娛樂、豐富思想、增廣見聞、生活需求與增加專業技能之別，學童每天已有五、六堂正規課程，我們難道不能放任孩子自己選擇閱讀？目前的兒童閱讀，似乎只成就了所謂閱讀名校與閱讀名師而已。君不見天底下真正每天在學習與閱讀者，非中小學學生莫屬？可是仍有諸多師長在孩子讀完課外書之餘，還要按書後習題操課。（出版社亦是為虎作倀）

其三、認為閱讀是語文老師的事。語文回到課文中的閱讀，似乎也默認了閱讀是語文老師的事。在今日大閱讀或全閱讀的時代，閱讀已經不再只是語文老師的事。

如果閱讀是如此的重要，理當另有專業的閱讀教師。其實，我們知道閱讀是學習的必備能力。因此，所謂的閱讀課乃是針對年級給予不同的閱讀文本，提供可行的閱讀方式。各種不同的學科，有各種不同的閱讀方式，於是所謂的各科教學，亦只不過是各種不同的閱讀教學而已。我們必須理解閱讀是全體各科老師的事，如體育老師教會孩子理解有關體育相關資訊的閱讀，才能算是了解閱讀的意義。

六　介紹有關閱讀的書

師長要瞭解閱讀，理當也要閱讀有關談論閱讀的著作。首先是開

胃菜，《閱讀的十個幸福》[3]，大陸依原書名譯為《宛如一部小說》[4]，
我想沒有人會認為它是談閱讀的書，而本書的特點是站在讀者立場，
關於閱讀的十大權利：一、不讀書的權利。二、跳頁閱讀的權利。
三、不讀完整本書的權利。四、一讀再讀的權利。五、什麼都可讀的
權利。六、包法利主義的權利。七、到處都可閱讀的權利。八、攀爬
頁數的權利。九、大聲朗讀的權利。十、保持沉默的權利。

其次介紹十本相關閱讀的書：

一、《打造兒童閱讀環境》，五洲傳播出版社，二〇〇〇年一月

二、《說來聽聽：兒童、閱讀與討論》五洲傳播出版社，二
　　〇〇〇年一月

三、《朗讀手冊 I》，南海出版社，二〇〇九年七月

　　《朗讀手冊 II》，南海出版社，二〇一一年八月

　　《朗讀手冊 III》，南海出版社，二〇一二年八月

四、《閱讀的力量》，新疆青少年出版社，二〇一一年十二月

五、《兒童文學的樂趣》，少年兒童出版社，二〇〇八年十二月

六、《書、兒童與成人》，湖南少兒出版社，二〇一四年三月

七、《歡欣歲月》，湖南少兒出版社，二〇一四年十月

八、《好孩子：三分天註定，七分靠教育》，長江文藝出版社，
　　二〇一二年十一月

九、《書語者》，新疆青少年出版社，二〇一六年八月

十、《自主閱讀》，新疆青少年出版社，二〇二〇年四月

3　丹尼爾・佩納克著，里維譯：《閱讀的十個幸福》（臺北：國際高寶，2001年3月）。

4　丹尼爾・佩納克著，趙爽爽譯：《宛如一部小說》（上海：上海文藝基金會，2014年
　　9月）。

七　結語

　　個人認為閱讀教學走入課文中閱讀理解教學，這是正常的發展走向。但不能只是停滯於語文領域，更不宜過度強調策略教學。

　　其實，「部定課程」是兒童達成國民核心素養的途徑課程，所謂閱讀素養不必捆死在語文領域，如果確實閱讀重要，可否朝「部定課程」規畫，也就是設置「閱讀課」，而不是什麼「圖書教師」，或是填花式的校本位的「閱讀課」、「閱讀教師」。

　　官方對有關閱讀，似乎缺乏基礎性的基本研究，關注的是績效的功用性，與方法、技巧的便捷性，而不是「規矩」之道。

　　當然，兒童閱讀的優劣，其實關鍵在於有影響力的大人，大人是指父母與師長。如果大人能有閱讀習慣，並能提供閱讀環境，自然會有喜歡閱讀的兒童；同時大人更當認識兒童閱讀的需求。在性質上，我們要明白成人的閱讀樂趣是跟兒童有所區別，且兒童本身亦有個別的差異。總之，兒童閱讀需要大人的協助，而閱讀的文本要以兒童文學作品為先。執行的原則在於「以身作則」與「認清對象」。個人認為大人要瞭解孩子的起點行為（能力），進而啟動孩子的動機，使孩子走向自主閱讀。我們相信教育的目的在於「學會學習」與「學會生活」，但我們更相信：人能弘道，非道弘人。

　　最後，我仍然想引用幾段話，作為本文的結束

　　從兒童的角度來看，從「愛上閱讀」到「學會閱讀」到「閱讀中學習」，進而走向「自主閱讀」的過程，是一個不斷成長與發展的過程。

　　為什麼推動閱讀由兒童。甚至嬰幼兒做起？因為：

一、閱讀習慣需要培養，愈早形習慣愈穩固。

二、閱讀能力需要慢慢學習而成，愈早接觸以及愈有機會接觸閱讀，能力就愈早形成。

三、閱讀不只是為獲得知識，它就提供休閒、思考與內省的樂趣。

　　愈早開閱讀，愈能體會閱讀帶來的各種樂。

　　閱讀是文明社會的指標。聯合國經濟合作發展組織（OECD），在推「學生能力國際評量計畫」（PISA），開宗明義說「讀寫能力是二十一世紀社會的共同貨幣，它決定國家的競爭力」。

　　帶給孩子閱讀，就從現在開始。阿爾維托・曼古埃爾在《閱讀史》[5]說：「閱讀，幾乎就如同呼吸一般，是我們的基本功能。」

　　引用《「教養」是一種可怕的發明》[6]的三段話，做為結束：

一、人類最特別、最重要的能力包括學習、發明和創新，還有傳統、文化及道德觀念等，都深植於家長與孩子的關係之間。（35頁）

二、父母親很重要。不論孩童是否用觀察的方式，或是經由證言而學習，他們都是從父母親和其他照顧者身上學習。他們會仔細觀察父母親的舉動，並且仔細聆聽他們所說的話。（200頁）

三、父母親和其他照顧者不用過度教導孩童，而只要讓他們學習即可，孩童能夠敏捷輕鬆地從他人身上學習，而且他們非常擅長得到需要的資訊，以及詮釋資訊。父母親並不需要為了給予孩童需要的資訊，就有意的操控自己說話的內容。（201頁）

　　　　　　　　　　——見深圳女報《童閱》，2022年1月，頁5-12。

5　阿爾維托・曼古埃爾著，吳昌杰譯：《閱讀史》（臺北：臺灣商務印書館，2002年2月）。

6　艾利森・高普尼克著，林楸燕、黃書儀譯：《教養是一種可怕的發明》（臺北：大寫出版社，2018年3月）。

加強兒童哲學的辯論與思維，佩利的書或許是入門之選

　　曾經有人問，你搞兒童文學，怎麼還會認識佩利？我就說，兒童文學不是孤立的，我們現在常常把兒童文學當成孤立的來看，其實只要與兒童有關的，不管是心理、生理、社會，還是**教育學、兒童學、心理學，都是相關的。**

　　在兒童文學界，很少人知道佩利，但我就是其中一個。原因之一是我在臺灣兒童哲學基金會當了十二年董事長，專門研究兒童哲學。大陸很多人研究兒童哲學，但很多人不知道佩利。我今天特別介紹一下兒童哲學，告訴你一些你不知道的事情。

　　當年我來大陸時，常常講《手拿褐色蠟筆的女孩》。為什麼講這本？當時每個人都在讀繪本，而且佩利竟然把李歐・李奧尼的書拿到幼稚園上課，來跟孩子們討論，其實就是所謂的敘事。後來，大陸重新出版叫《共讀繪本的一年》[1]，但可能很少人知道。

1　薇薇安・嘉辛・佩利著，棗尼譯：《共讀繪本的一年》（北京：新星出版社，2013年5月）。

林文寶老師　　　　　　　　林文寶老師發言

　　大家手裡都有佩利的資料，我講太多就囉嗦了（在活動現場，我們向讀者朋友發放了佩利老師的資料。）所以，我稍微介紹一下佩利在臺灣。

　　一九八四年，最早將佩利帶到臺灣的是黃又青譯《男孩與女孩：娃娃家的超級英雄》，但其間用心用力最深者，則不得不提到楊茂秀這個人。在臺灣，楊茂秀幾乎與兒童哲學劃上等號。他在一九七五年七月《鵝湖月刊》發表了一篇《兒童哲學》，也因此走上了兒童哲學的「不歸路」，並於一九九○年成立財團法人毛毛蟲兒童哲學基金會。

　　哲學始於驚奇，而孩童正處於好奇心與驚異之心最活潑的時期，應該是哲學播種的最好時機。這個基金會創立的目的，在於推廣對兒童哲學的研究、教學與出版，它與美國兒童哲學促進中心（IAPC）有充分合作。基金會亦曾經主辦過世界性的兒童哲學會議，培訓過上千位故事媽媽及兒童哲學教師，出版毛毛蟲月刊及相關書籍，創辦了毛毛蟲學苑，培養圖畫作家、哲學教師，目前仍在發展中。

《男孩與女孩：娃娃家的超級英雄》　　　　毛毛蟲基金會創辦人
（臺灣版）　　　　　　　　　　　　楊茂秀

　　或許佩利的教育理念與基金會契合，於是楊茂秀致力於推廣與翻譯佩利的作品，在楊茂秀推動下，漸漸廣為學前教育界接受。二〇〇二年底，楊茂秀更邀請佩利來臺灣作教學講座與故事說演，且在佩利來臺之前編印了《認識佩利》[2]一書，盛況空前。

《認識佩利》（臺灣版）　　　薇薇安‧嘉辛‧佩利

2　《認識佩利》（臺北：毛毛蟲出版社，2002年11月）。

　　佩利的書在臺灣共計出版十二本。《沙灘上的男孩》是最新的一版，於二〇一〇年出版，臺灣和美國幾乎同步出版。

　　那佩利是誰呢？

> 美國麥克阿瑟獎獲得者
> 前哥倫布基金會美國圖書終身成就獎
> 約翰・杜威學會傑出成就獎
> 美國英語教師協會傑出教育方法獎

　　佩利是美國著名幼稚教育專家、作家、演講家，她最早在新奧爾良教幼稚園，後來返回芝加哥，任教於芝加哥大學附屬幼稚園，一九九七年退休。在佩利共計三十七年的教學生涯中，有二十四年在芝加哥大學附屬幼稚園服務。

　　退休後，佩利開始到歐洲、亞洲各地旅行，親身與第一線學前教師對話，希望老師多給孩子說故事，還給孩子遊戲的空間。

　　她認為說故事是創意的來源；她非常強調專注力與想像力，這一點是我們教育非常重要的一點。

　　二〇〇二年十二月，她為制定早期兒童學習計畫的美國教育部工作人員進行了一場演講。她認為過去有些立法者已經對遊戲與戲劇失去信心，覺得那是浪費時間，所以提倡孩子從小就要學習知識。

　　但是，人類就像其他哺乳動物一樣，幼兒期都有許多遊戲，幼兒不要學太多的知識，孩子就是吃飯睡覺遊戲，孩子就是要讓他玩。他們在遊戲中學習，這是他們的本能。於是，她告訴立法者，**別以為遊戲與戲劇是浪費孩子的時間，其實，孩子是在遊戲當中學習到人生各階段都需要的思考、語言及想像力的。**

　　因此，佩利在新奧爾良教書期間，即開始思考如何在幼稚園中運

用可行的遊戲扮演的方式與孩子互動，促進孩子的智力發展。所以，教育還是不要太嚴肅，就是拐拐騙騙，不要太正經。她在整個教學生涯裡，對幼兒進行了深入觀察與深刻反思。**她這十幾本書都是教育的反思，教育現場的記錄以及師生間的對話。**

《遊戲是孩子的功課：幻想遊戲　《孩子國的新約——不可以說：「你
的重要性》（二〇一八年三月）　　不能玩！」》（二〇一八年三月）

　　我們常常發現現在的教育最大的問題就是大家太過用力，幼稚園用力，小學用力，大學用力，其實幼稚園教育只要保底就夠了。所以，**她在幼稚園中提倡「遊戲本位教學法」，一切活動以遊戲為主，認為遊戲才是孩子最重要的功課。**

　　中國有句古話說：「人生要有三分的遊戲態度，太要太過嚴肅」。因此，我個人認為，兒童幼兒發展關鍵是遊戲，所以，下面我介紹一下有關遊戲的書。

　　以前遊戲是從心理學的角度來講，但自從約翰・赫伊津哈出現以

後，遊戲理論就有了突破。他說：「文明是遊戲之中成長的，是在遊戲之中展開的，文明就是遊戲。」這是從社會學的角度來講遊戲。

當然，這些理論背後都有兒童哲學。

中國最早的兒童哲學圖書是在一九八九年九月、由三聯書店出版的《哲學與幼童》，一九九二年六月再二刷。後來，山西教育出版社於一九九七年出版由張詩亞、鄭鵬主編的「兒童哲學叢書」，共計十三本。最近，三聯書店於二〇一五年十月出版馬修斯作品，由劉曉東翻譯。而臺灣最早則是於一九七九年二月出版的李普曼的《哲學教室》；一九九〇年，毛毛蟲基金會成立。

約翰・赫伊津哈　　　　三聯書店《哲學與幼童》

學前教育如何加強兒童哲學的辯論與思維，是向上提升的必備條件，而佩利的書或許是最好的入門。所以，我推薦大家讀一讀佩利的書。

　　——本文根據林文寶老師在「對話薇薇安・佩利：遊戲是孩子的功課」新書分享會上的錄音整理編輯而成。

過度認真的教育是災難的開始

孩子最好「輸」在起跑線　因為以後多得是機會「贏」

不知道是誰提出了「不要讓孩子輸在起跑線上」這樣的觀點，導致父母和老師都卯足了勁兒揠苗助長，早早開始要求孩子學知識、上早教，甚至閱讀也被功利化了。

如今這個時代，是一個創意的時代，是一個動腦筋的時代。今天的教育，已經不再是單純強調孩子學到了多少，尤其是幼稚園階段，如何建立和呵護孩子學習的自信心才是最重要的。當今的幼稚園教育，我認為還是過於強調對知識的獲取，過於功利化，這種對孩子催生催熟的狀態，會導致孩子對學習，對書本的抵觸，會讓孩子不想和畏懼長大。因此，比起在很小的時候就希望孩子掌握很多具體的知識，「快樂的童年」才是對孩子成長最為有益的。具體到閱讀的部分也是同理，從閱讀中獲得什麼具體的知識並不重要，重要的是讓孩子在童年階段感受到閱讀的樂趣。

別讓孩子每天讀很久書　「玩」才是最重要的功課

媽媽們需要瞭解關於閱讀的三個維度：首先要讓孩子愛上閱讀，接著是讓孩子學會閱讀，再有就是把閱讀當做學習的工具。

　　○-六歲是讓孩子愛上閱讀的黃金期；在十歲左右，國際上會有專門針對孩子是否學會閱讀的測試；到了孩子十五歲左右，我們要關注孩子是否能夠把閱讀當做學習的工具。可見，對於六歲以下的孩子，閱讀興趣的培養是第一位的，媽媽不要有太強的功利性，讓孩子體會到閱讀的樂趣才是最重要的。

　　不必苛求每天有很長的閱讀時間，「玩」還是幼稚園階段孩子最重要的功課。書籍，毋庸置疑是開拓孩子視野的很好的途徑，但是在六歲以前，接觸廣闊的真實世界對孩子的成長意義更為重大。在假日多帶孩子走出去，對小年齡的孩子來說，是必不可少的體驗。

如果父母喜歡閱讀　不會有不喜歡閱讀的孩子

　　很多媽媽問我，親子閱讀從多大開始？為什麼我的孩子不喜歡讀書？我認為親子共讀從寶寶出生就可以開始，對於剛剛出生的小寶寶當然不是自己讀，而是媽媽讀書給寶寶聽。媽媽首先要自己從書中感受到閱讀的快樂，再通過講這本書的方式，通過媽媽的聲音把這種「閱讀的快樂」傳遞給孩子。

　　閱讀的習慣是需要培養的，這種培養最重要的就是家庭裡的閱讀氛圍，爸爸媽媽是否喜歡讀書呢？是否有讀書的習慣呢？如果爸爸媽媽每天看電視、玩手機，卻口口聲聲說孩子為什麼不讀書，這種督促是很無力的。

躺在床上讀書沒什麼大不了

　　閱讀的意義不止是為獲得知識，它提供的還有休閒、思考與內省的樂趣，不讀書不會死，也不會生病，可你要相信，讀很多書的人，

生活一定非常快樂、休閒。

現在很多孩子不喜歡讀書，我覺得很大一部分問題在於父母或老師。過於強調讀書的功利目的。孩子讀一本書，父母一定要問問從這本書裡學到了什麼；說讀書要有讀書的樣子，不能邊吃東西邊讀書，不能賴在床上讀書，一定要好好坐在書桌前。必要的規矩養成，我不反對。但是有些時候，父母也要靈活，不能因為太過功利和過分強調規矩，而讓孩子喪失了閱讀帶來的休閒和愉悅。

有一本很有趣的書，《閱讀的十大權利》，是法國一個高中老師寫的，因為他教的學生成績很差，不愛讀書，他通過觀察總結了孩子讀書的十大權利。其中提到，孩子有不讀書的權利——爸爸媽媽不讀書，老師不讀書，為什麼逼我讀？孩子還有有跳頁讀的權利——誰規定一本書必須從頭到尾讀完？另外，還有一讀再讀的權利——遇到一本喜歡的書，就是喜歡一天到晚一讀再讀。當然也有不讀名著的權利——有些書，特別是名著，常常會被問到讀過沒有，很多人不好意思說沒讀過。可為什麼非讀那個書？不合口味為什麼非要讀。最後，有隨時隨地讀書的權利：誰說讀書非要端坐書桌前……

如果擁有了這些權利，相信孩子一定會更愛讀書，因為在讀書時不再有來自成人的欺壓和束縛。

不陪孩子看動漫的媽媽不是好媽媽

今天的傳媒非常發達，媽媽其實很難做到完全不讓孩子接觸到媽媽認為不適合孩子看的書籍和動畫片。因此，在孩子成長的過程中，媽媽與其圍追堵截地對孩子接觸的書籍和動畫片加以限制，不如做到盡量多參與和陪伴孩子的生活。

很多孩子都很喜歡看《蠟筆小新》的動畫片，而很多媽媽對這部

動畫片有質疑，感覺這部動畫片裡的很多情節都太過成人化。

但首先，孩子的很多視角，和大人並不相同，對一些成人化的細節，孩子可能只是單純的好奇，並不會看到那些大人以為的很有深意的內容。另外，如果媽媽是陪著孩子一起看的，在一些比如小新掀女生裙子等片段時，媽媽就會及時地提醒孩子，這樣做是不禮貌的行為，被掀裙子的姐姐會不高興哦！

媽媽陪伴孩子一起看孩子感興趣的書籍或動畫片，切身地去發現孩子為什麼喜歡，具體地指出動畫片或書裡的問題，跟孩子客觀地討論一本書和一部動畫片的是不是好看，客觀地說出自己的看法，大多數時候，孩子都是可以接受和認同媽媽的意見的。如果媽媽只是一味地強行說不許看這個動畫片，或不許讀這本書，孩子往往反而會不理解和抵觸。

回想我們在高中大學時代，是否也有過偷偷看大人認為不好的、不許我們看的書的經歷。當時，我們去看也不是要去學壞，而只是好奇而已。而那些書對我們現在也沒有任何的影響。當我們瞭解了，好奇心被滿足了，我們自然還是會選擇更適合我們品味的書來讀。

成長過程中，每個孩子都需要通過不斷錯誤的嘗試，和更廣泛的涉獵，來慢慢建立自己的閱讀喜好和品味。只有接觸過所謂的好品質的書籍和相對所謂不夠好的書，才能鍛鍊出鑒別書籍好壞的能力。想要孩子學會自主學習，學會對自己負責，是需要媽媽給孩子機會來鍛鍊才能實現的。

床邊閱讀是我非常推崇的親子共讀方式

英國有上百年床邊閱讀的歷史。小朋友通過長期的床邊閱讀，習慣了媽媽講一個故事，要一天一天，講很久才能講完。於是，才會誕

生《哈利‧波特》這樣的作品。

近些年，中國的媽媽也在逐漸接受床邊閱讀的方式，但是在實際的操作中，很多媽媽還是會「讀一小會兒就催促孩子快睡」，孩子對閱讀剛剛興起，媽媽就像強制關掉水龍頭一樣，用「快睡」把孩子的興致澆滅了。或是，媽媽講著講著，孩子沒睡著，媽媽先睡著了。當然偶爾媽媽太累了，出現這樣的情況，是可以理解的。但是如果常常是這樣，床邊閱讀的效果就很難保證了。至少，媽媽的狀態應該是讓孩子能夠感受到，媽媽本身是很熱愛閱讀的，是很享受床邊閱讀這件事兒的，發自內心地願意陪伴孩子這段臨睡前的親子閱讀時光。

為什麼一定要強調床邊閱讀這樣的閱讀儀式感呢？是因為儀式感容易讓人產生一種慣性，感覺這就是生活不可或缺的一部分。學校裡往往都會有晨讀十分鐘的規定，短短十分鐘的時間，孩子能獲得的知識其實很有限，但卻因為這十分鐘集體閱讀的氛圍，給到孩子深刻的影響，讓孩子養成一種每天哪怕只有十分鐘的閱讀習慣，讓孩子習慣每天的生活中要有閱讀這件事。床邊閱讀的儀式也是同理，用每天臨睡的半小時時間，形成全家享受閱讀的氛圍，用集體閱讀的力量來影響孩子，比一味督促孩子讀書，要有效得多。

過度認真的教育是災難的開始

我們常常說己所不欲勿施于人，其實己所欲，也不應該隨意加諸於別人身上。因為每個人都是一個獨立的個體，有自己的個性和喜好。有些孩子天生喜歡音樂，有些孩子可能就是對畫畫興趣濃厚，有的孩子喜歡宅家讀書，而有的孩子就是喜歡戶外運動……父母和老師不能把自己的喜好或期望強加在孩子身上，不能單純從自己的角度要求孩子接受你認為的所謂的對孩子好的安排。很多父母會對孩子說，

我為你付出這麼多，你還不聽話，不領情。其實，父母有沒有想過，自己一廂情願所做的一切是否是孩子真正需要的。

「父母教給我，老師教給我」的時代已經過去了，孩子需要有學習和生活的自主。尊重孩子獨立的生命，讓他們快樂地享受童年時光。現代的教育總是期望尋找一個標準化、規格化的制度，可是世界本來就不一樣，孩子也正因為不一樣的個性而可愛。如今，面對孩子，如果父母和老師還總是忙碌地、認真地一味施加自己所相信的真理，最終，必定會導致父母在焦慮中失去自我，孩子在奔忙中失去童年。所謂「過度認真的教育是災難的開始」就是如此。

教育應該擺脫以大人為主體的模式，真正回歸以孩子為主體，才能最大限度尊重孩子個體差異，給孩子真正需要的教育和關注。真正的教育一定是先觀察孩子的需求，再有的放矢地給到孩子需要的說明。

延伸到閱讀部分也是同理，強制要求孩子讀父母限定的書目；盲目和別人家的孩子對比讀書量和讀書時間；太過功利地追逐閱讀中的所得……這些是否都是父母在親子閱讀中「過度認真」的某種執念？其實，教育是要留給孩子自主的空間，放手讓孩子更自由地閱讀。

對於六歲以下的孩子來說，閱讀不是為了治國平天下，也不要強制灌輸功利性的理念。試著放手尊重孩子的喜好，和孩子一起讀他們喜歡讀的書，陪孩子一起看他們選擇的動畫，這樣才能真正瞭解孩子，走進他們的世界。圖畫書對孩子而言，沒有任何用途，不是拿來當教材的，而是用來感受快樂的。所以一本圖畫書越有趣，越能深刻地留在孩子的記憶裡。

給所有真正關心孩子閱讀的父母和老師的書單 TOP10

二〇一八年北京圖書訂貨會期間，童書媽媽採訪了臺灣著名兒童閱讀研究學者林文寶教授，林教授被出版界的同仁親切地稱為「阿寶老師」。

阿寶老師反對給孩子設定必讀書目，所以雖然他對臺灣和大陸的兒童文學瞭若指掌，就是堅決不肯給孩子們開書單。

不過，阿寶老師給所有真正關心兒童閱讀的父母和老師們，開出一份閱讀主題的書單，你們感興趣嗎？你們會讀嗎？

《宛如一部小說》

作者：〔法〕達尼埃爾‧佩納克
出版社：上海文藝出版社

　　這是一本關於讀書的隨筆集。法國當代著名作家達尼埃爾‧佩納克曾經是中學教師，許多學生不願意閱讀，他非常瞭解其中的原因，強制他們閱讀是沒有用的，這本文體特別的書，書名被直譯為《宛如一部小說》，其實它真的是講兒童閱讀的。

　　阿寶老師特別強調這一本是要先讀的，就是說希望父母和老師們先擁有這種心態，再去談論和思考孩子閱讀的問題。

　　阿寶老師還特別推薦，這本書裡強調孩子閱讀的十個幸福的權利：

一、不讀的權利

二、跳讀的權利

三、不讀完的權利

四、重讀的權利

五、讀任何書的權利

六、包法利式幻想的權利

七、隨時隨地讀的權利

八、翻讀的權利

九、大聲朗讀的權利

十、沉默的權利

衷心希望所有閱讀的人都擁有這樣權利，包括你和孩子。在面對任何一份書單的時候，也請謹慎地讓自己保有這樣的態度和權利，包括面對這份書單。

一　《說來聽聽・兒童、閱讀與討論》

作　者：〔英〕艾登・錢伯斯
出版社：北京聯合出版公司

　　這本書是一本專為廣大老師、家長、圖書館員以及兒童閱讀推廣者所寫的實用工具書，它引導讀者思考：如何讓「閱讀」產生意義，怎麼「讀書」、怎麼「與他人討論」所讀的書，以幫助兒童恰如其分地談論自己閱讀過的書，以及聽明白別人的發言。

　　本書還收錄了班級讀書會的討論實例，通過第一手的實務記錄，

說明閱讀討論進行的概念、流程與基本架構，是一本很好的閱讀分享指南，能有效地說明孩子快速進入狀態，自主而愉快地閱讀。

二　《打造兒童閱讀環境》

作　者：〔英〕艾登・錢伯斯
出版社：北京聯合出版公司

　　兒童閱讀是需要環境的，而環境需要老師和家長去共同創建和引導。如果有一位值得信賴的大人為孩子提供各種協助，分享他的閱讀經驗，那麼孩子將可以輕易地排除眼前的各個閱讀障礙。這本書探討的正是怎樣為孩子打造一個良好的閱讀環境，讓他們能自在地遨遊於閱讀世界。

　　艾登・錢伯斯（Aidan Chambers）是英國當代兒童文學大師，榮獲國際少年兒童讀物聯盟頒發的最高獎安徒生獎、英國圖書館協會卡內基獎。除小說創作外，他致力於推動兒童閱讀活動，二〇〇三～二〇〇六年任英國學校圖書館協會主席，著有《打造兒童閱讀環境》

《說來聽聽：兒童、閱讀與討論》。因其在兒童閱讀教育領域的努力，艾登・錢伯斯被授予法吉恩兒童閱讀貢獻獎等多項國際大獎，二○一○年被英國教師協會授予終身成就獎。

三　《朗讀手冊》

作　者：〔美〕吉姆・崔利斯
出版社：新星出版社（童書媽媽讀書
　　　　會二○一六年閱讀書目）

　　美國知名閱讀專家吉姆・崔利斯數十年兒童閱讀研究與實踐之總結。《朗讀手冊》於一九七九年初出版，被美國六十多所教育院校選為指定教材，以具體、科學的案例和研究成果，解答了在家長和老師為孩子朗讀的過程中可能遇到的各種問題，培養無數孩子成為終身愛書人。

四 《書語者：如何激發孩子的閱讀潛能》

作　者：〔美〕唐娜琳‧米勒
出版社：新疆青少年出版社

　　《書語者：如何激發孩子的閱讀潛能》是米勒老師執教七年的回顧和總結，也是對「如何激發孩子的閱讀潛能」這一難題極有說服力的回答。在她執教的班上，學生們很少花時間去做應試的訓練，而是盡可能擠出一切時間投入閱讀和相關活動中。學生們泡在書海中，隨時準備進入自由獨立的閱讀狀態，一個學年下來（課程期間大約四十周）至少要閱讀四十本書，而且兼顧各種文類。

　　結果，她的學生全部都通過了全州的測評考試，而且大多都名列前茅。米勒老師通過自己教學過程中一個個真實鮮活的案例，將十幾年閱讀教學的心路歷程娓娓道來，並給出了詳實可以借鑒參考的方法。

五 《閱讀的力量》

作　者：〔美〕斯蒂芬・克拉生
出版社：新疆青少年出版社（童書
　　　　媽媽讀書會二〇一七年閱
　　　　讀書目）

　　《閱讀的力量》中提出的自主閱讀（Free Voluntary Reading）是提高語文能力最有效的手段，不論閱讀的內容是通俗小說、青少年浪漫文學、報紙，還是經典文學著作，閱讀這個行為本身都會在提高語言能力中起到關鍵作用。斯蒂芬・克拉生教授多年對各個國家教育情況一絲不苟的研究，為他在《閱讀的力量》中提出的自由自主閱讀方式提供了大量詳實而有力的證據。

六 《自主閱讀》

作　者：〔美〕斯蒂芬・克拉生；李思穎；劉英
出版社：親子天下（臺灣）

斯蒂芬・克拉生教授的新書《自主閱讀》，目前還沒有出版中文簡體版。書中認為：無論是母語，還是針對第二語言的學習，放心放手，讓孩子自選題材，創造「迷人且可理解」的閱讀時光，才是讓孩子提升讀寫力的重要關鍵。

閱讀能力是所有學科的發展基礎，掌握閱讀才能掌握知識。讓孩子從小學習自己選書、培養獨立閱讀的習慣，更是提高讀寫力的關鍵。作者提出語言能力的三大階段，從聽故事、自主閱讀到特定主題的自主閱讀，階段性讓孩子一步步掌握閱讀方法與樂趣，有了讀故事書的能力後，學術閱讀的程度即能自然提升。

書中討論的主要問題：

什麼是自主閱讀？

自主閱讀，對閱讀能力的影響很大嗎？

如何靠閱讀提升孩子的讀寫力？

為什麼朗讀的過程，對培養閱讀是重要的？

孩子會不會唯讀簡單的書或垃圾書？

七 《書，兒童與成人》

作　者：〔法〕保羅・阿紮爾
出版社：湖南少年兒童出版社

透過這本書，可以看到最早的兒童文學發展過程，瞭解到很多國外兒童著名讀物的變化軌跡，比如格林童話之類的最初很多內容都是少兒不宜的。但夢想冒險總是孩子永遠感興趣的元素，孩子還是一樣會愛不釋手，因為孩子只是喜歡故事。

八 《歡欣歲月》

作　者：〔加拿大〕

李利安・H.史密斯

出版社：湖南少年兒童出版社

　　《歡欣歲月》並不是一本為兒童選書時可供參照的面面俱到的指南。它是能夠引領人們看到在大眾已經熟悉或者還未出版的書籍中，發現優秀的作品應該具有的哪些基本特質。

　　《書，兒童與成人》和《歡欣歲月》被譽為「兒童文學理論的雙璧」，世界各國的兒童文學思想，都傳承自這兩本書的觀念以及敘述技巧。

九　《好孩子：三分天註定，七分靠教育》

作　　者：洪蘭著，尹建莉主編

出版社：長江文藝出版社

　　《好孩子：三分天註定，七分靠教育》由臺灣著名教育家、實驗心理學博士洪蘭教授撰寫，將幫助家長分析孩子的大腦與性格、才能、心智發展的關係。從腦神經發育規律角度出發，為家長提供科學的解答和建議。

　　針對孩子成長階段出現的問題，書中做出了專業解讀，顛覆傳統教育迷思，走出家教誤區。書中有三章內容，集中在閱讀興趣、中文水準、寫作能力方面，非常值得讀者參考和借鑒。

十 《閱讀兒童文學的樂趣》

作　者：〔加拿大〕佩里‧諾德曼

出版社：少年兒童出版社

　　《閱讀兒童文學的樂趣》是一部論題組合新穎、開放，論述方式嚴謹而又不失個性的概論性著作。這本書涉及對兒童文學概念和範疇的理解、兒童文學教學活動、兒童文學閱讀與接受、童年概念、兒童文學與市場、兒童文學與意識形態、兒童文學基本文類及其特徵等內容，並提供了將各種當代文學理論應用於兒童文學研究的示例。

　　這本書是二〇〇八年出版的，不太好找到，所以我們同時提供了英文原版和臺灣版的封面。

　　　　——本文書單由林文寶教授提供，圖書簡介、資料和相關點評

　　　　　　　　　　　　　　　由童書媽媽編輯部整理。

任何對孩子閱讀方面的問題擔心和疑慮　本文都可以解答

今天，我們重視閱讀，提倡閱讀，可試問：如果一個人連和世界產生連接的興趣點都沒有，那他讀再多的書，又有什麼用呢？在臺灣著名兒童閱讀研究學者林文寶教授看來：討論閱讀，不能本末倒置，不能為了強調閱讀，忘記了閱讀的主體是孩子，孩子的成長才是我們討論閱讀的出發點。

林教授被出版界的同仁們親切地稱為「阿寶老師」。今年北京圖書訂貨會期間，童書媽媽採訪了阿寶老師。阿寶老師反對給孩子設定必讀書目，提倡讓孩子自主閱讀。與阿寶老師一席談，真的可以讓家長在閱讀方面的各種疑慮和擔心一消而散。

閱讀應該是什麼樣的？

在我看來，學校的課內學習和閱讀是完備的、嚴肅的、分級的，那麼課外閱讀應該是什麼樣的？課外閱讀就是為了消遣娛樂啊，幫助孩子排遣壓力，有時也許還能給孩子一些領悟和提升。所以我常常講，閱讀需要教育的是父母和老師，不是孩子。

因為只要提供環境給孩子，他就會去閱讀。你可以放很多種書在那邊，孩子可以自由選擇他喜歡的；你如果只放單一類型的書；只放你希望孩子讀的書，那孩子是不看的。所以，真正的閱讀要有各種各樣的書，提供一個無障礙的閱讀空間。無障礙閱讀是說孩子喜歡的書都有，而不是老師和家長去限制孩子，說你要看哪些看哪些。

談閱讀，首先要瞭解兒童的發展

今天我們來談閱讀，不是就閱讀本身來談的；我們應該瞭解孩子的發展是怎樣的，閱讀在扮演什麼作用，而不是說閱讀是件好事，對人的終身學習大有好處，所以我們的孩子就一定要喜歡閱讀、擅長閱讀。

對孩子來說，閱讀不是最重要的事情

對於孩子來說，成長最重要的是發現自己的興趣點，產生自己與世界產生連結的能力。因為每一個人的因緣際會不都一樣，每一個人的起點和行為也不一樣，對不對？

有人與世界連接的能力可能是音樂是唱歌，就像周杰倫，要通過唱歌和世界產生聯繫的。假如他的媽媽以前不支援他的音樂興趣，那他就什麼都沒有了。

那閱讀起什麼作用呢？閱讀是一個人脫穎而出的必備的條件，現在來看，周杰倫的閱讀一定很厲害，他跟方文山有那麼多很好的合作。一個人要傑出，一定要有閱讀的過程，但並不是在一開始就強迫他要求他多閱讀，只要機會到了，他自然就會去閱讀。

姚明也是這樣，他一開始的興趣點是在籃球上，但他想從一個優

秀的運動員變成一個偉大的運動員，有更大的影響力，他一定會讀很多書。所以，我們先要讓孩子有很多資訊，要讓孩子接觸各種方面的東西，他才會對某些領域有興趣，產生專注和熱愛，然後他自然會選擇閱讀，幫助自己提升上去。

有的孩子喜歡看養狗養貓的書，剛開始就是好玩，但他為了認識更多的狗，就要去看狗的圖鑑，為了養好狗，可能就要去看動物學或者營養學的書，他就有可能成為狗狗的訓練師，或者專門研究動物的科學家啊。而且從今天來看，真的是「行行出狀元」，不再像以前認為的什麼職業一定是沒有前途的。在國外，很多人跟你談論自己的職業時，他的眼睛就很亮，你沒準兒還懷疑「這麼平凡的工作，你為什麼會這麼喜歡？」

因為人家找到自己的興趣，找到和世界連接的點，而且國民的素養已經不一樣了，社會已經達到了職業的平等，沒有什麼貴賤之分。我們今後的社會也會是這樣的。

孩子為什麼不讀名著？不讀好書？

我很反對動不動就要求孩子讀經典、讀名著、讀規定的推薦的必讀的書目，孩子就應該選擇合適他閱讀的書，這個很重要。

再經典的書，對某個具體的孩子來講，他不見得喜歡，這是一個什麼問題呢？這個背後是文學閱讀理論的問題。

比如說，一本沒有讀過的書，對我來講，就是一個文本，也就是說，還沒有對我產生任何價值。只是文本被我閱讀了以後，才會與我產生互動，它才可能變成作品，變成了內容和思想，它才能夠流動起來，有了生命。這裡就是強調閱讀的主體性。閱讀的主體性就是要讓閱讀的人有自己選擇的權利，名著再好，你硬放在孩子面前是沒有用

的啊！名著太多了，別的書也很多，一定要讓孩子有自己選擇的權利。

孩子在課內學習的那些文章，都不是孩子自己的選擇，是編教材的人選的。課內的閱讀，孩子已經沒有選擇了；如果課外閱讀還是沒有選擇，那孩子為什麼還要讀呢？

閱讀沒有好和壞之分，只是合適和不合適

我常講，我們對孩子的閱讀，先不要有好跟壞的概念。因為閱讀沒有好和壞之分，只是合適跟不合適。有一些家長所謂的「壞書」，恰恰是孩子喜歡看的，孩子看了以後是有感覺的，那就是適合孩子的書。

有些名著並不一定合適孩子讀。有些家長分別心太重，孩子看《查理九世》、看漫畫，家長就憂心忡忡，看名著就沾沾自喜，覺得自己的孩子很了不起。要知道很多漫畫裡面的幽默和智慧，名著裡面還沒有呢！漫畫裡分鏡頭的技術，美國那些大片的導演都在學習呢！

讀任何書對孩子來講，就是一個經驗。比如說孩子看看《查理九世》，他可能會喜歡，也可能會不喜歡，但是他還是會去看，因為他的同學，大家都在看，對不對？孩子自己會有感覺和選擇的。

不是說讀了好的書、讀了名著，就能對孩子產生好的影響；讀「不夠好的書」，孩子就不學好了，就什麼都學不到，就是在浪費時間。

因為每一個人的因緣際會不一樣，有的人看漫畫，有的人看懸疑小說，有的人看武俠小說，有的人看名著，有的人讀詩，都能讀出自己的體會和收穫。那我們為什麼希望孩子唯讀名著，唯讀我們認為的好書呢？家長不要有那麼多預設立場，話再講回來，家長你自己小時候也曾經讀過言情、武俠、漫畫的，也經過那樣的階段，你自己因為讀那樣的書就受到什麼損害了嗎？你可以說那些書還不夠經典，那些

書以後可能也不會變成經典，那是另一回事。還有，孩子去到學校，受同學的影響比較大，對孩子來講，各種經歷都是經驗，他必須要有這個經驗，才能夠成長為一個獨立的人。

假如說，完全是由家長來主導孩子，這孩子以後出去一定會有問題的。因為他只有家長給他的條條框框，他可能沒有辦法適應別人、適應社會的。

破壞孩子閱讀興趣的方式

我認為，不應該給孩子規定必讀書目，那是破壞孩子閱讀興趣的。老師只能建議說：這個假期，每個人最好能看幾本書，最好是不一樣類型的。這樣也就夠了，而不是我們這個假期一定把這幾本書共同讀完，不光要讀完，還要做讀書筆記，還要摘抄好詞好句，還要寫感受。

搞到後來，你會發現原來孩子是想閱讀，最後他也不想讀了。因為每個孩子都是不一樣，「為什麼我讀了書，就一定要有感受呢？還一定要寫下來呢？」這是觀念的問題，沒有絕對的對和不對，我認為這是不合適的方式。也可能有的孩子合適這樣去要求，但是絕大部分的孩子可能都不合適。

現在關於閱讀的各種錯綜複雜的要求太多了，造成閱讀好像很熱鬧，我們只要去真正關心閱讀的主體——孩子就好了。

另外，孩子他在學校上學看書看很久了，回到家他會想幹一點別的事情，想看看電影啊，玩玩遊戲啊，你再把閱讀搞得那麼嚴肅，命令那麼多，孩子就會反感啊。

童書媽媽提問：在臺灣有必讀書目嗎？

我們有兩個機構，一個民間一個官方，每年會公佈年度的比較好的
書，是年度的好書，供學校採購用，而不是那種必讀書目，必讀書目
真是一點道理都沒有！

孩子沒有自己選書的經驗，怎麼行？

童書媽媽提問：現在很多孩子的書，大部分還是家長挑選購買。
很多人不怎麼帶孩子去書店的主要原因是擔心孩子買了不好的書。

這個不一定。挑書買書也是一個經驗，一個過程，家長必須帶孩
子去選書，要經歷過這些，選回來有問題，再討論。不能因噎廢食，
不能完全是家長決定讀什麼書買什麼書。

所以我們聊的這些，是針對兒童的發展跟閱讀理論得出來。現在
的教育理論告訴我們，很多東西的學習是讓孩子自己在其中去做，才
能產生他的內在動機；而孩子真正自己去琢磨出來的經驗，才是他自
己的東西。

這條路是會比較辛苦的，但是每個人都不得不去走這個路。家長
常常犯一個毛病，就是想要完全操控孩子，所以我很反對開書單。

我為什麼從來不給孩子開書單？

因為家長應該跟孩子談論看什麼書，那是當爸爸媽媽的責任，為
什麼要我開書單呢？

對孩子的書，爸爸媽媽自己都不去體驗一下，也就是說，你要推
薦給孩子的書，首先要不要自己先稍微看一下呢？這個過程你都不
做，那你要別人的書單有什麼用呢？那些書單上的書買回去放到你家

裡，也都是文本，沒有任何價值。再比如說，孩子在看什麼書你都不知道，那就比較嚴重了。如果你對他看的書有意見，你就跟他一起看，看完跟他討論。很多父母都做不到，也不去做，就只會一聲令下「不可以看這個，不可以看那個」，那孩子就乾脆什麼都不讀就好了。

我家孩子就只看漫畫，我真的不管他了嗎？

太小的孩子，家長還可以限制他的閱讀範圍，孩子上學了，有了同伴的影響了，他不會聽你的命令了。那家長如何影響孩子的閱讀？你可以用拐騙的方法，不強迫就好，因為強迫就反彈啊。命令肯定不行，還可以拐拐騙騙啊！

怎麼拐拐騙騙呢？關鍵就是你要用不太正式的方式，比如說，你想讓孩子讀這本書，你可以跟你先生吃飯的時候說「這本書不錯，你要不要看？」就是只跟你先生講。然後你可能把這個書放在餐廳，那可能孩子就會拿來看，「什麼好書？為什麼媽媽都沒有叫我讀？」

也就是說，我們可以用各種方式去瞭解孩子的心理，我們是有辦法引導孩子的，要悄悄地引導，你引導的方式不能是用那種命令的，或者特別直接的。家長想要做一些引導，其實還是可以去做的，要選對方式，因為孩子最終還是會受到家長很大的影響。

所以，以身作則，家長自己讀書很重要。家裡有閱讀的環境和氛圍很重要，假如說，你自己從來不讀書，就要求孩子讀書，孩子會喜歡讀書嗎？

爸爸媽媽如何做才是真正幫助孩子？

很多事情，尤其孩子的事情，表面上看起來是瑣瑣碎碎，但是骨

子裡面的最簡單的一條就是：以身作則。家長先反省自己愛不愛看書，不要把眼睛總盯孩子身上。

再則，要瞭解孩子，瞭解孩子到底為什麼愛看這些書，孩子喜歡的書你看過嗎？你可以自己先去讀一讀，再回過頭找孩子聊天；你自己喜歡的書，也可以跟孩子聊聊，就是這樣。

最後一點就是，如果孩子就是不喜歡閱讀，或者就是喜歡那些家長看不上的書，那你也沒有辦法。

問題反過來講，難道出版那些書的出版社傻嗎？出版社出版的書是針對各種類型的人，並不是每一個人讀書都是為了「修身齊家治國平天下」的，人家讀書只是在消遣時間，不可以嗎？

對於不愛閱讀的孩子，也許他們和周杰倫和姚明一樣，與世界連接的方式是音樂是籃球，那麼就讓他們去做吧。如果有一天他想繼續提升自己，他還會回到閱讀這條路上來；可是如果一個人連和世界產生連接的興趣點都沒有，那他讀再多的書又有什麼用呢？

家庭教育是父母要去陪伴孩子，要瞭解孩子，要跟孩子有對話，這個是最重要的。別的都不要太計較。最後總結一句話：閱讀是沒有一定是怎麼樣的，要怎麼樣的。孩子選擇他自己喜歡的就好了。

——本文由林文寶教授口述，由童書媽媽編輯部舒雯編輯整理。

兒童文學史料初稿序*

《兒童文學史料初稿1945-1989》

（邱各容，臺北：富春文化事業公司，1991年8月）

---

* 原為邱各容：《兒童文學史料（1945-1989）初稿》（臺北：富春文化事業公司，1991年8月）序文。

我國新時代的兒童文學，是從日本與西洋移植過來的；而「兒童文學」一詞的使用，也是民國建立以後的事。因此，有人說中國沒有兒童文學。兒童文學目前在國內雖有似顯學，可是在學術界並未受到應有的重視；又就兒童文學的論述著作而言，我們似乎真的沒有兒童文學。

兒童文學之所以不受重視，或許是源於本身缺乏學術性研究所致；而學術性研究的範疇雖廣，仍當以史料為先。

申言之，民國三十八年（1949年）以來，兒童文學在臺灣地區的發展是非常緩慢而又閉鎖的。但由於兒童文學作家們的努力，以及各級教育行政單位和某些機關團體的推動，兒童文學的創作，無論是小說、童話、詩歌、插畫等，在品質和數量上皆有相當明顯的提昇；也由於有關機關舉辦多次兒童文學研習活動，再加上兒童文學學會的創設，使得兒童文學作家有日益增多的趨勢。因此，自不乏有值得記載的人和事。然而，就兒童文學史料的收集與整理，則乏善可陳。這種建立保存收集資料的觀念，是一般人，也是機關、出版社、雜誌社等所缺少的。由於沒有好好的保存，有關臺灣地區的兒童文學史料，則屬零星散置，使用也不易。如此，自不易有兒童文學的學術研究可言。

綜觀四十年來臺灣地區兒童文學的學術研究，平心而論，仍有不少人在默默耕耘，也有不少研究論文發表。而其中有邱各容兄致力於史料的收集與整理，至今已有六年之久。而今彙集成書，稱為《兒童文學史料初稿》。這是臺灣地區四十年來第一本有關兒童文學史料論述的個人結集。

全書計分初探篇、采風篇、回想曲、大事記四輯。而「初探篇」係探討四十手來臺灣地區兒童文學發展暨兒童讀物出版的概況。「回想曲」是從民國七十四年（1985年）至七十八年（1989年）兒童文學的回顧與展望。「大事記」則涵蓋民國七十四年（1985年）至七十八

年（1989年）這五年有關兒童文學發展的大事記要。「采風錄」更是臺灣地區四十年來有關兒童文學發展的人物素描以及重要兒童文學活動的剪影。

　　全書就史料觀點而言，缺失或許難免，卻可說是頗具規模。個人自民國六十年（1971年）起，即置身於兒童文學教育的行列，平時頗注意資料之收集；又緣於七十七年（1988年）曾為幼獅文化事業公司策畫《兒童文學選集》，始驚奇於有關史料收集與整理之缺乏，以及學術研究水準之不足。而今欣見邱各容兄大作問世，自是樂於介紹給有心人，做為研究與參考之用。

《兒童少年文學》序[*]

本書定名為「兒童少年文學」，除了兒童文學之外，更顧及一般不甚重視的少年文學層面，以學術論文撰寫敎材，為同類書所僅見，書中對任一定義、觀點或理論等，多能作全面而深入的探究，務期能求得周延而有創意的結論。

《兒童少年文學》

（林政華，臺北：富春文化事業公司，1991年1月）

---

* 原為林政華：《兒童少年文學》（臺北：富春文化事業公司，1991年1月）序文。

　　平日即時常接獲政華兄大作，而今再度拜讀《兒童少年文學》一書，仍然感到十分驚喜。

　　這是兩岸學術交流以來第一本大量取用大陸兒童文學資料的著作，可見作者用功之一斑。

　　作者踏進兒童文學之路為時不久，卻時有新意，是兒童文學界的畏友。從〈兒語研究〉到〈談兒童文學散文〉，皆屬爭議性論文；而他仍一本初衷堅持己見，並見之於本書。

　　綜觀全書：作者以《兒童少年文學》為書名；專立一章討論「文學屬性」必當堅持；以及體裁的分類等亦皆屬於爭議性話題。至於論及美學基礎，與〈中國兒童少年文學發展百三十年大事譜及考察〉的撰述，則為同類型書所不及。只是有關美學基礎部分，有似蜻蜓點水；又理論研究篇，雖具體可觀，卻稍失薄弱。

　　政華兄秉性耿直，且磈然自守，不為流俗所及，願以王夫之《俟解》第五則中一段話相贈，並期共勉之。

　　　能興即謂之豪傑。興者，性之生乎氣者也。拖沓委順，當世之然而然，不然而然；終日勞而不能度越於祿位田宅妻子之中，數料計薪，日以挫其志氣；仰視天而不知其高，俯視地而不知其厚，雖覺如夢，雖視如盲，雖勤動其四體而心不靈：惟不興故也。聖人以詩教以蕩滌其濁心，震其暮氣，納之於豪傑而期之以聖賢，此救人道於亂世之大權也。

楊喚的「兒童詩」*

《楊喚童詩賞析》

（吳當，臺北：國語日報社，1992年12月）

---

* 原為吳當：《楊喚童詩賞析》（臺北：國語日報社，1992年12月）序文。

楊喚享年不滿二十五歲，卻是臺灣兒童文學的先驅者之一。

楊喚在臺灣兒童文學史上的地位，主要是奠立於他的兒童詩。他的兒童詩保持清新的面貌，閃現智慧的結晶，傳達童稚的詩心，楊喚的歷史地位是經由此三者而確立旳。

楊喚來臺後，始以「金馬」為筆名；並於一九四九年九月五日於中央日報兒童週刊第二十五期，發表第一篇兒童詩作品「童話裡的王國」。其後，他所有兒童詩作品皆陸續在該刊發表，並始終以「金馬」為其兒童詩作的筆名。

楊喚死後，由編輯委員會整理其作品，共得詩四十一首，童詩十八篇；並於一九五四年九月刊行《風景》詩集。至一九八〇年七月七日「布穀鳥」詩學第二期有林武憲提供的「楊喚兒童詩補遺」（頁十四——十五），補遺「快上學去吧」、「花」兩首，至於資料來源則未有說明。自此，楊喚的兒童詩增加兩首。而後，一九八五年五月有歸人編著洪範版《楊喚全集》；其中，歸人所謂的「兒歌」已收錄了「快上學去吧」「花」兩首，總數是二十首。

楊喚的兒童詩現確定為二十首。所謂「補遺兩首」，事實上是疏忽所致；因為它們確曾在中央日報的兒童週刊上刊登過。倒是有四首（七彩的虹、水果們的晚會、美麗島、下雨了）未在中央日報發表過。至於遺佚者，從書簡中知有三首：祝福、XX 去旅行、幸福草。其中「祝福」「XX 去施行」曾寄給中央日報，未見發表，而「幸福草」則是未完成的作品。又〈童話〉（見全集頁99-100）〈風景〉（頁161）視為兒童詩亦未嘗不可。因為〈童話〉根本就是童話，而〈風景〉則楊喚署名為「金馬」。

雖然所謂楊喚的兒童詩，其總數不超過二十首；但此二十首兒童詩卻幾乎成為臺灣地區四十年來兒童詩的創作摹本。一九六八年國小暫行舊課程的國語課本裡，曾改編了楊喚的五首兒童詩：

一、小螞蟻　第二冊十七課　改自「小螞蟻」

二、家　第四冊十三課　改自「家」

三、蝸牛的家　第四冊十五課　改自「小蝸牛」

四、春天來了　第十冊第一課　改自「春天在哪兒呀？」

五、打開你的眼睛　第十冊十三課　改自「眼睛」

　　至一九七五年以後新課程課本裡，〈打開你的眼睛〉刪除，改放在六下習作第七課。而原題為〈春天來了〉，又重新加以改寫，並易名為〈春的訊息〉。〈夏夜〉則編入國中國文第一冊第三課。

　　一九八○年初，舒蘭與林煥彰等人廣邀兒童文學界的朋友，籌辦「布穀鳥」兒童詩學同仁季刊，雜誌於兒童節創刊。創刊號並發布「楊喚兒童詩獎評選辦法」。其後，並於布穀鳥五期、十期、十四期公布各屆楊喚兒童詩獎的得獎及得獎作品。

　　「布穀鳥」兒童詩學季刊發至第十五期（1983年10月）。在十五期的詩刊裡，刊登了不少欣賞楊喚的兒童詩文章，但是未見整體性的論述，因此引發我對楊喚的注意，而有「楊喚研究」的構思。

　　當時，吳當兄也已開始撰文詮釋楊喚的兒童詩，並與我籌辦「海洋」兒童文學，同時北上進修（1983-1987年）。進修期間暫時放下詮釋工作。其間吳當兄曾是我兩個小孩的小學老師，並且由於他的介紹得以認識楊喚生前摯友歸人，遂得以順利完成「楊喚研究」的論述。

　　吳當兄結業後，「海洋」兒童文學也停刊。後來，他由小學轉教國中；前年，又轉高中執教。其間，他並未忘情於楊喚的兒童詩，於是繼續未完的詮釋工作。

　　日前，吳當兄告知有關楊喚兒童詩的詮釋論述，擬交國語日報出版，並問序於我。我當然爽快地答應，因為我敬重他對文學與教育的執著與努力；更珍惜這份因緣與情誼。

《臺灣兒童少年文學》序[*]

《臺灣兒童少年文學》

（邱各容，臺北：世一文化事業公司，1997年7月）

---

* 原為林政華：《臺灣兒童少年文學》（臺南：世一文化事業公司，1997年7月）序文。

　　科技、民主與國際化是時代趨勢中的洪流；但是，即使全世界形成一個生命共同體的地球村，不同社會在宗教、文化和其他各層面上的差異，還是會帶來摩擦和衝突。也就是說，當世界越來越像地球村，經濟也越來越互賴時，反而我們會越來越講求人性化、越來越強調彼此間的差異、越來越堅持自己的母語、越來越要堅守我們自己的根及文化。

　　臺灣社會是一多族群社會，但自國民黨政府遷臺以來，未曾認真面對各族群的關係，深入分析討論，以制定適合的政策。近年來，隨著政治生態的改變，各項價值受到空前的衝擊和考驗；單一價值或單元思想受到強烈的質疑，於是「本土化」、「多元化」的社會價值和意識日漸抬頭。

　　臺灣這種本土化的鄉土重建風潮，將之置於臺灣整體的社會歷史脈絡中考察，再以阿圖塞（L. Althusser）的社會形構概念、葛蘭西（A. Gramsic）的文化霸權和愛德華·薩伊德（Edward W. Said）的後殖民觀點視之，自能了解當人民對統治者既有的文化霸權產生懷疑，而開始有反霸權抗爭行為時，整個社會結構就出現解構與重組的契機。

　　一九八〇年代以來的臺灣，無論在國際或國內的政治、經濟、社會或文化方面，都面臨激烈的變遷，臺灣本土意識因而勃興，並促使知識份子開始嚴肅思考臺灣作為文化主體地位的意涵。臺灣本土意識的覺醒，間接帶動民間社會力的大幅昂揚。新興的民間社會運動自一九八三年之後大量出現，迄一九八七年止，已發生一千五百餘件的民眾抗議事件。這些社會運動目的，是對國家機器在威權體制下壟斷一切政經資源，進行解構與抗爭，企圖顛覆國家權力結構的合理性與正當性。這些抗爭迫使執政當局於一九八七年解除戒嚴法，使臺灣從此走向一個較為多元開放的道路。

　　臺灣走過被殖民的歷史和政治禁忌的傷痕，尋回主體，並重建歷

史，乃至有「臺灣學」的出現。林教授適時投入以臺灣文學為主的臺灣學研究領域中，且斐然成書。

綜觀全書體例與內容，正如林教授自己所言「規模粗具，補苴增強工作將隨時進行。」個人於兒童文學之研究，除理論之探討外，要皆以臺灣地區本土為研究對象，然而，面對林教授著作，實無置喙之餘地。

申言之，臺灣學的生根與蓬勃，除了根源於臺灣本土政治、社會的強烈變革與衝擊，事實上也是源於對民族與本土文化自然的情感。有關鄉土意識的推動與落實，雖然與政治有關，但我們仍寄望今日臺灣學的重要性不是政治上意氣之爭的結果。其實，自一九六〇年末以來，有越來越多的作家、學者對文化霸權或另一種殖民作為——新殖民主義的文化帝國，尤其是美國好萊塢文化及其商品侵略——開始注意。針對新舊殖民經驗，如何界定自己本土文化，珍視傳統文化再生的契機及其不同之處，便成為刻不容緩的課題。持此，姑且不論林教授著作價值如何，至少它是個契機，自有歷史上的意義。

古人有云：「富貴者送人以財，仁人者送人以言。」曾子說：「君子以文會友，以友輔仁」（見《論語》〈顏淵篇〉）。孔子更說：「益者三友：友直、友諒、友多聞，益矣。」（同上〈季氏篇〉）。「益者三樂，……樂節禮樂、樂道人之善、樂多賢友，益矣。」（同上）。做為朋友的我，不揣謭陋，有感而敘。更因為林教授能「貢獻一份心力的喜悅」而祝福。

一九九七年五月四日於臺東市

為掌燈者歡呼*

《播種希望的人：臺灣兒童文學工作者群像》

（邱各容，臺北：富春文化事業公司，2002年8月）

---

* 原為邱各容：《播種希望的人們──臺灣兒童文學工作者群像》（臺北：富春文化事業公司，2002年8月）序文。

本書是《兒童文學史料初稿（1945-1989）》中〈采風錄〉的延伸，所謂延伸是指深化和擴展。

當年的〈采風錄〉，是有關兒童文學發的人物素描以及重要文學活動的剪影，計收單篇五十一。其中人物有三十八篇，事件有十三篇。在人物三十八篇中，葉聖陶、張一渠各佔兩篇，因此，有關人物素描實際上是三十六位。如今從三十六位中深化其中的十七位，外加擴展的三十三位，合計五十位，並稱之為《播種希望的人們──臺灣兒童文學工作者群像》。

從一九九○年到二○○二年，從《兒童文學史料初稿（1945-1989）》到《播種希望的人們──臺灣兒童文學工作者群像》，雖然歲月如梭，可是各容兒在商務繁瑣之下，仍然努力與堅持，企圖為前人建檔，為今人勾微，為臺灣兒童文學的青史留鴻爪，正是所謂孜孜矻矻，十二年如一日。這種堅強的意志和決心卻是緣於責無旁貸。

各容兒認為史料是有關歷史的參考資料，是人類思想和行為所留下來的痕跡，它的蒐集和整理是時間和耐性的結合，是歷史意識的鞭策和鼓勵。這是一種集思廣益的工作，讓後人感念前人在兒童文學發展中所付出的智慧和心血。他認為對一個從事兒童文學史料工作的人來說，最大的安慰是能累積前人工作的心血再提供給他人做為學術研究參考之用。並且可在工作中（收集和整理過程），體認前人為兒童所付出的辛勞和貢獻。

實言之，史料的蒐集與整理，雖然是學術研究的基礎，卻也只是「為他人作嫁衣裳」而已。這種對史料的堅持與執著，不只是時間和耐性的結合，更需要的是傻氣與傻勁；因此各容兒的心境我能了解。個人長期以來的工作，亦只是致力於兒童文學史料的蒐集與整理，亦即是企圖掌燈照亮他人而已。從「海峽兩岸兒童文學交流之研究」、「臺灣地區兒童文學史料的整理與撰寫」，雖然都屬國科會專題研究

計劃案，可是回首前塵，仍然會覺得茫然不知所措。如今拜讀各容兄大作，敬佩與愧疚之餘，自覺應當勇往直前，義無反顧。

　　全書刊載的兒童文學工作者五十位，篇目依出生年月為序列，猶如兒童文學家族的譜序。其間有些工作者或有遺漏，至於續撰未深化的十九位，以及遺漏的工作者，正是我對各容兄的寄望與期待，並願以此與之共勉。

臺灣的兒童文學史[*]

《臺灣兒童文學史》

（邱各容，臺北：五南圖書出版公司，2005年6月）

---

* 原為邱各容：《臺灣兒童文學史》（臺北：五南圖書出版公司，2005年6月）序文。

綜觀臺灣近代的歷史，先後歷經荷蘭人佔據三十八年（1624-1662），明鄭二十二年（1661-1683），清朝治理二百餘年（1683-1895），以及日本佔據五十年（1895-1945）。其中，相當長時間是處於殖民的地位。因此，除了漢人的移民文化外，尚有殖民文化的滲入；尤以日據時期的殖民文化影響最為顯著，荷蘭次之，西班牙最少。是以臺灣的文化在光復前是以漢人文化為主，殖民文化為輔的文化型態。

光復後，一九四七年二月二十七日傍晚，六名臺灣省專賣局臺北分局的緝私員，在臺北市太平町（今延平北路）一帶，查獲中年婦女林江邁販賣私菸，因處理不當，引發「二二八事件」。「二二八事件」對臺灣政治的影響十分深遠。

又一九四九年十二月七日國民黨政府撤退臺北，更是湧進大量的大陸人口，採取鎖國的政策，在跟大陸完全隔離的狀態下接受美國與日本的洗禮，一直難以有鮮明的自主性。

百餘年來的臺灣，一直處於被殖民的狀態下，是以「抗爭」為主軸。尤其自一九八七年十一月戒嚴令廢除以後，「發現臺灣」成為口號與流行。

其實，所謂的「發現臺灣」，簡言之，即是「臺灣意識」是也。

解嚴後，「臺灣意識」從過去潛藏的狀態，如火山爆發似地湧現，成為解嚴後臺灣最引人注目的現象之一。所謂「臺灣意識」是指生存在臺灣的人認識並解釋他所生存的時空情境的方式及其思想。

作為一個思想史現象，「臺灣意識」內涵豐富，方面廣袤，總言之，屬於同時代或不同時代的社會、政治、經濟階級的人，皆各有其互異的「臺灣意識」。就其組成要素而言，「臺灣意識」雖以「鄉土情懷」為其感情基礎，但卻不能等同於「臺灣意識」。黃俊傑於〈論「臺灣意識」的發展及其特質：歷史回顧與未來展望〉一文中，認為「臺灣意識」的發展可分為四個歷史階段：

一

　　一、明清時代的臺灣只有作為中國地方意識的「漳州意識」、「泉州意識」或「閩南意識」、「客家意識」等；二、到了日本統治臺灣以後，作為被統治者的臺灣人集體意識的「臺灣意識」才出現，這半世紀（1895-1945）的「臺灣意識」既是民族意識又是階級意識；三、1945年臺灣光復後，「臺灣意識」基本上是一種省籍意識，尤其是一九四七年二二八事件之後，作為反抗以大陸人占多數組成的國民黨政權的臺灣人意識加速發展；四、一九八七年戒嚴令廢除，臺灣開始走向民主化；近年來由於中共政權對臺灣的種種打壓，「臺灣意識」乃逐漸成為反抗中共政權的政治意識，「新臺灣人」論述可視為這種新氣氛下的思維方式。[1]

　　「臺灣意識」的核心問題是認同問題，而以「我是誰？」「臺灣是什麼？」等問題方式呈現。黃俊傑於〈論「臺灣意識」中「文化認同」與「政治認同」的關係〉一文中說：

　　所謂「臺灣意識」內涵複雜，至少包括兩個組成部分：「文化認同」與「政治認同」，兩者之間有其不可分別性，亦即「文化認同」與「政治認同」互為支援，不可分離；兩者之所以不可分割，乃是由於華人社會中的國家認同是透過歷史解釋而建構的。[2]

　　綜觀百餘年來的臺灣，一直處於被殖民的狀態下，是以「臺灣意識」基本上是一種抗爭論述——反抗日本、反抗西化、反抗國民黨、反抗中共。

1　見《臺灣意識與臺灣文化》（臺北：正中書局，2000年9月），頁4。
2　見《臺灣意識與臺灣文化》（臺北：正中書局，2000年9月），頁4。

二

在這種特殊的抗爭論述中，執政當局致力於經濟的發展與政治的突圍。是以，兒童文學在臺灣地區的發展是緩慢與閉鎖，直至一九六〇年七月臺中師範學校改制為師範專科學校，始有「兒童文學」一科。

又一九八七年七月一日起，將現有九所師專一次改制為師範學院。在新制師範學院的一般課程，列有兩個學分的「兒童文學」，且是師院生必修科目。而偏處東隅的臺東師院語教系，於設系之時即確立了發展兒童文學教學與研究的發展方向。

兒童文學在東師的發展，可溯及三十多年前──一九七三年，語文組「兒童文學」課程之開設。設系之後，由兒童讀物圖書室至兒童讀物研究中心的設置，且每年皆舉辦與兒童文學相關的活動或研討會。是以，一九九六年奉准成立兒童文學研究所，並於隔年招生。又於二〇〇三年六月招收博士生。

兒童文學研究所設立於臺東，不論是歷史的偶然或必然，無疑是臺灣學術的奇蹟。

三

兒童文學研究，對於資料收集與整理，個人長期以來即致力於砌磚的工作，從臺灣兒童文學史料的收集與整理，到臺灣兒童文學發展中的指標事件，至目前臺灣圖書作家訪談與臺灣圖畫書發展研究，及臺灣兒童文學作家作品目錄等專案研究，皆與兒童文學息息相關。

所謂兒童文學史，自與兒童文學專業及史學方法有關。就史而言，涉及史料收集、史料考證以及史料的轉化。而卓越的史識、客觀的精神、謹嚴的方法、浩瀚的想像，似乎皆與史料有關，而當進入轉

化之時，文學的技巧、思想的超越，尤其是不可缺少的條件。這就是《新唐書》〈劉知幾傳〉所云：

> 禮部尚書鄭惟忠嘗問：「自古文士多，史才少，何耶？」對曰：「史有三長，才、學、識，世罕兼之，故史才少。夫有學無才，猶愚賈操金，不能殖貨。有才無學，猶巧匠無楩柟斧斤，弗能成室。善惡必書，使驕君賊臣知懼，此為無可加者。」時以為篤論。

「才‧學‧識」已令人望之不行。無奈，章學誠於《文史通義》〈卷三‧內篇三‧史德〉又云：

> 才、學、識三者，得一不易，而兼三尤難，千古多文人而少良史，職是故也。昔者劉氏子玄，蓋以是說謂足盡其理矣。雖然，史所貴者義也，而所具者事也，所憑者文也。孟子曰：「其事則齊桓、晉文，其文則史，義則夫子自謂竊取之矣。」非識無以斷其義，非才無以善其文，非學無以練其事，三者固各有所近也，其中固有似之而非者也。記誦以為學也，辭采以為才也，擊斷以為識也，非良史之才、學、識也。雖劉氏之所謂才、學、識，猶未足以盡其理也。夫劉氏以謂有學無識，如愚估操金，不解貿化。推此說以證劉氏之指，不過欲於記誦之間，知所抉擇，以成文理耳。故曰：古人史取成家，退處士而進奸雄，排死節而飾主闕，亦曰一家之道然也。此猶文士之識，非史識也。能具史識者，必知史德。德者何？謂著書者之心術也。夫穢史者所以自穢，謗書者所以自謗，素行為人所羞，文辭何足取重。魏收之矯誣，沈約之陰惡，讀其書者，先

不信其人，其患未至於甚也。所患夫心術者，謂其有君子之心，而所養未底於粹也。夫有君子之心，而所養未粹，大賢以下，所不能免也。此而猶患於心術，自非夫子之《春秋》，不足當也。以此責人，不亦難乎？是亦不然也。蓋欲為良史者，當慎辨於天人之際，盡其天而不益以人也。盡其天而不益以人，雖未能至，苟允知之，亦足以稱著述者之心術矣。而文史之儒，競言才、學、識，而不知辨心術以議史德，烏乎可哉？

申言之，慎寫文學史，重寫文學史是學術界的新趨勢。主要是緣於已有的文學史在基本史觀、文學觀、研究方法與編寫體例模式，皆屬雷同與僵化。概言之，缺乏主體性是也。陶東風《文學史哲學》說：

我認為文學史研究的角度與模式，體例都應當是多元的、富有獨特性的、個性鮮明的。可以抓住一個側面來建構文學史，也可以運用一種理論來實驗文學史。從風格演變、主題演變、體裁演變、形象演變等側面，或從心理學、語言學、接受理論、文化學等角度，都可以寫出特徵鮮明的文學史。可考察的側面和考察的角度都是無限多樣的，更何況研究者的思維優勢也各不相同。在西方藝術史家中，同樣從精神方面進行研究，就有黑格爾式的、泰納式的、溫克爾曼式的、勃蘭兌斯式的；同樣從形式角度研究，也有伍爾夫林式的、岡布里奇式的、阿恩海姆式的等等。西方文學藝術史研究的多樣性是非常值得我們借鑑的。[3]

3　陶東風：《文學史哲學》（河南：河南人民出版社，1994年5月），頁20。

　　是以，有關臺灣兒童文學史的書寫，就我個人而言，一直停留在建構與分期的辯證與思維之中。

四

　　在躊躇不前之時，驚見邱各容先生已完成《臺灣兒童文學史》一書。

　　綜觀全書，除〈前言〉、〈後記〉外，計六章。閱讀全章，其體例與論寫模式，不離社會環境、作家介紹、作品分析等三者，且各章體例亦不一。又全書也沒有建構與分期等相關概念的論述。

　　總之，邱氏的書寫方式，跳脫我對兒童文學史的書寫想像，而直接以史料建構之，他於〈前言〉說：

> 　　史料是建構勾微的磚石，沒有豐富的史料難有美好的史篇。歷史學方法論中的所謂「史料」（historial data），係指歷史解釋或歷史研究所據以完成的最基本材料。梁啟超在他的《中國歷史研究法》中曾說：「史料為史之細胞，史料不具或不確，則無復史之可言。史料為何？過去人類價值思想形式所留的痕跡，有證據傳留至今日者也。」關於史料的意義、範疇、價值、類別、蒐集方法及檢證等等，在專業的學術分工上，已足以形成一複雜的「史料學」了。

　　如是砍斷眾流，獨指史料，且不論其優良得失，這正是民間學者的可貴處。所謂有一分資料，就說一分話，過多的解釋與引申，並無益於事實的存在。

五

　　邱氏《臺灣兒童文學史》，是臺灣第一本兒童文學史，在著作出版之前，邱氏亦已推甄入本所進修，好學至此，令人敬佩。或云：「為學日益，為道日損」、「學者吳它，求其放心而已。」，民間學者的純樸，理當在切磋琢磨中，更見真樸。

臺東大學人文學院院長
林文寶　二〇〇五年四月

堅持與固執*

《臺灣兒童文學作家與作品論》

（邱各容，臺北：富春文化事業公司，2008年8月）

---

* 原為邱各容：《臺灣兒童文學作家及作品論》（臺北：富春文化事業公司，2008年8月）序文。

一

　　邱氏各容畢業後，又獻上新作《臺灣兒童文學作家及作品論》書稿，並邀序於我。其驚喜猶如三年前推甄入本所時，所出版的《臺灣兒童文學史》一書。事過三年，感觸仍多，試略述如下：

二

　　臺東大學自一九九七年成立兒童文學研究所以來，不下數百篇的碩士論文，其中固然不乏以臺灣本土作家及作品為論題者，但並未能出書問世。實言之，所謂的兒童文學研究，似乎是以「外來論述」及「殖民文化」為主。

　　當然，我們並無苛責兒童文學工作者之意。我們知道，一個地區兒童文學的發展，首先，是該地區的地緣關係與歷史背景等的歷史大環境。其次，則是涉及社會環境（政經、教育體制等）、兒童文學工作者的素養，和市場成熟度（圖書、期刊出版量、國民所得、文化消費指數、圖書館普及率、版權保護程度等）因素。亦即是產、官、學的互動。當然，兒童文學工作者是發展的主力，可是市場指向與使命感，則是無解的魔咒。但專業素養是可以養成的；而主體性、自主性則是屬於自覺與身分認同的意識覺醒。

　　綜觀臺灣兒童文學的研究，究其原因，當首推主體性、自主性與專業素養的不足。由於主體性、自主性與專業素養的不足，是以不知選擇，也不能瞭解理論與工具性基本資料的重要性。

　　申言之，所謂工具性基本資料，即是指史料。史料是研究的基礎，大陸學者朱金順在《新文學資料引論》中，舉出幾種常見的資料研究成果：

一、輯佚句著作

二、專題研究資料

三、作家研究資料

四、匯校匯釋集解

五、考辨札記和文壇史料

六、年表年譜和大事記

七、目錄和索引[1]

　　韋勒克與華倫頗為重視史料，他們在《文學論》一書第六章標示為〈資料的整理與確定〉，他們說：

> 學問的初步工作之一是蒐集資料，細心地剔除時代所給予的影響，鑑定作品的撰者、真偽，以及確實的年代。對於這些問題的解決，到目前為止，學者已經付出了相當多的心血與努力，然而文學研究者必須要瞭解到這許多工作不過是學問最終任務的準備。這些作業的重要性是非常明顯的，因為如果沒有它們，則批評的分析和歷史的理解便幾乎要陷入相當困難的地步。[2]

　　總之，史料是基礎，至於它們有沒有價值，則視使用這些方法的結果而定。

三

　　邱氏進本所進修時，即與我共同主持國立臺灣文學館委託之「臺

1　《文訊》總號116期，1995年6月，頁81。

2　《文學論》（臺北：志文出版社，1979年10月），頁87。

灣兒童文學作家作品目錄編輯計畫」，時間從二○○五年一月一日至
二○○七年十二月三十一日止，時間三年，計整理作家作品與相關生
平資料者有兩百五十四人之多。其實訪談及整理作家資料，是本於設
所之時所規劃的發展方向與重點。因此，在一九九七年入學以後，即
落實於教學與研究。於是有了《兒童文學工作者訪問稿》[3]的出版。
長久以來，我們努力不懈，所謂「臺灣兒童文學作家作品目錄編輯計
畫」，只是我們成果的一部分。

　　邱氏在共同主持之餘，擇取十位臺灣兒童文學前行者與中生代作
家，以「臺灣兒童文學作家及作品研究」為名，於二○○五年獲國家
文化藝術基金會補助研究。又於本年再度獲得補助出版。

　　這十位本土兒童文學家，都是在兒童文學的某個領域表現傑出作
家或研究者。他們有關兒童文學創作、研究、評論，或是兒童文學刊
物編輯，在在都累積數十年的經驗，他們對臺灣兒童文學的熱誠與關
注，「堅持」的精神是他們的「共性」。

　　而這種「堅持」的特質，也在邱氏身上展露無疑。

四

　　實言之，在產、官、學的互動中，最該具有主體性、自主性，與
專業素養與使命感者，自當是臺東大學兒童文學研究所，它是臺灣
地區唯一的研究所，它有責任擔當起學術研究的火車頭。建立完整的
史料，翻譯外國經典理論、編譯基本手冊或工具書，則是義不容辭的
任務。

　　在兒童文學所籌備之時，洪文瓊即在〈國內兒童文學史料整理小

3　《兒童文學工作者訪問稿》（臺北：萬卷樓圖書公司，2001年6月）。

檢視〉一文中，呼籲建立兒童文學資料庫[4]。二〇〇三年二月美國馬里蘭大學與網際網路資料庫合作成立「國際兒童數位圖書館」（International Children's Digital Library www.icdlbooks.org）網站，收集全球不同文化的童書，免費提供全球兒童下載。又二〇〇四年一月，中文版《科學人》有曾志朗〈社會生活基因 A. TG.C〉一文中，亦強調建立人文數位資料庫的重要性與迫切性。（見頁1）。

臺東大學兒童文學研究所近年來積極規劃建立兒童文學資料庫，二〇〇二年度兒文所以「兒童文學」學門為重點，其目的在建構數位典藏，向教育部申請「輔導新設國立大學健全發展計畫」，教育部評稱「衡諸國內以本計畫最具輔助價值，宜優先補助。」且臺東大學亦規劃成立「數位兒童文學館」，寄望在產、官、學的共同努力下，臺東大學兒童文學研究所不只是華文世界兒童文學研究的中心，更期盼早日臻至世界級兒童文學研究重鎮。

五

臺灣兒童文學學術的建立，首先，有關於史料的收集與整理。史料的收集與整理，雖是奠基或為人作嫁，但亦有可觀處。為學之道，「辟如行遠，必自邇；辟如登高，必自卑。」（中庸十四章）亦如荀子〈勸學〉所云：「真積力久則入，學至乎沒而後止也。」此為「堅持」是也，願以此與邱氏及同仁共勉之。申言之，所謂「堅持」，即是擇善而固執之謂也。

4　見《文訊》，1995年6月，頁12。

臺灣科幻文學的縮影，
兒童文學的側影*

《臺灣科幻文學薪火錄1956-2005》

（黃海，臺北：五南圖書出版公司，2007年1月）

---

* 原為黃海：《臺灣科幻文學薪火錄1956-2005》（臺北：五南圖書出版公司，2007年1月）序文。

　　黃海與我同年出生，我在學術教育界，他在文學界、新聞界，平常少見面，唯一的「神交」，是科幻與兒童文學的「交會」。他幾十年在文學、兒童文學與科幻文學領域的耕耘努力，成果是有目共見的，而一般身為作家者，是不能靠寫作維生的，寫作只是他的奉獻，我與他只能在兒童文學集會的場合偶爾相逢，彼此唯一的交集是：他發展出自己的一套科幻與兒童文學觀，認為成人文學與兒童文學的交集所在是科幻文學。在我兩度策劃幼獅文化公司編選的《兒童文學選集》（1949-1998作品，分兩段編纂出版兩套書），黃海的兒童科幻小說、童話、甚至論述，多篇分別入選，而大學生或研究生以他的作品作為寫作論文的標的，也屢見不鮮，也有大學教材編選他的作品入內，提供參考。二〇〇三年交大研究所的學生，不少人與會，黃海也將演講內容寫成具有深度的學術論文，之後他也受邀擔任靜宜大學兼任講師。黃海從一般文學、科幻文學的創作到發表學術論文，再到大學講壇，在臺灣一般的作家來說，是少有的辛苦蛻變，這要歸功於他的苦學精神，幾十年不斷在科幻文學領域的辛勤耕耘和深度探索，獲得肯定。

　　如果張系國是「臺灣的科幻教父」，黃海應該是「臺灣兒童科幻的開山祖」，王洛夫在《文訊》發表的文章和他的碩士論文《論黃海及其少兒科學幻想作品》就指出黃海是「開拓者」。王洛夫也說：「黃海與張系國，能夠在科幻小說中寫出深刻的意涵，使作品可以稱得上『文學』，被文壇尊重為『作家』者，在國內真是鳳毛麟角的幾人而已。」緣於黃海首先發現了這一尚未為人開拓的領域，寫出原創性的兒童科幻作品。黃瑞田的《科學詮釋與幻想——黃海科幻小說研究》說：「黃海的科幻創作歷程，正是臺灣科幻小說史的主幹。」黃瑞田又說：「黃海自詡為苦行僧……他是一個謙抑和不自滿的人，一生中不斷的在學習，不斷的在自我砥礪……」是中肯的寫照。對於一個忠

勤誠懇的文學工作者來說，文學是他的第二生命，如果我沒有算錯，黃海這本《臺灣科幻文學薪火錄（1956-2005）》可是寫了三十年；說他寫了三十年，不是說三十年天天在寫，而是包括觀察、摸索、體會、醞釀、組織、領悟，發為感想或文字，成為獨特的見解，最後寫成了這本大作。聽說他還有一本有關科幻寫作的書，也將陸續計畫推出，我們且拭目以待。

本書中收錄一篇有關成人科幻的寫作，就是黃海在一九七九年四月十二日在淡江大學未來學講座的演講全文，再加改寫，數十年累積的創作經驗加上自我成長求知，點點滴滴的彙集整合，呈現在眼前的這本書，如果說黃海其人其書正是臺灣科幻文學的縮影，應是很多人所共認的；如果說黃海是臺灣兒童文學的側影，正因為他以科幻反映了兒童文學。本書不僅敘述臺灣科幻文學的演變，也兼論科幻、科學與文學的關係，也對中文科幻一百年來的發展作了一番省思，瞻望科幻小說的前景；對一般人所不了解的成人科幻寫作、兒童科幻寫作，提供了寫作公式和方法，目的當然是在薪傳科幻文學的火種。

黃海的科幻文學與兒童文學觀，讓我最感興趣的是，他主張科幻小說是一種童話特質的文學（應該是指嚴肅的，而非通俗娛樂的作品），他也寫過探索科幻與兒童文學交集的論述，並且畫出了圖形，表達兩者的相互關係，他的理論來自中外文學名著和科幻名片的觀察、體會和領悟。他指出：

> 古典名著《西遊記》、《封神榜》、《大人國小人國遊記》、《魯賓遜飄流記》、《小婦人》、《野性呼喚》、《金銀島》、《時光機器》、《隱形人》、《化身博士》本來都是為成人寫作的小說，因為它的主題意識和想像性、趣味性適合兒童閱讀，就被改寫成了兒童版本，基於這樣的思維，再看看科幻大片諸如《星際大

戰》、《外星人》、《回到未來》、《第三類接觸》、《衝鋒飛車隊》，成了老少咸宜的片子。史蒂芬・史匹柏的《外星人》本來是以兒童當主角的，它的聲勢卻襲捲全球大小觀眾。科幻不就是成人與兒童之間共同喜好的玩意嗎？

　　對於中國大陸把科幻與科普混同，把科幻列入兒童文學，黃海認為無需見怪，且應該破除「迷思」；科幻的趣味性、遊戲性、想像性，本來就與兒童文學相交集。如果有人說黃海是一位少年科幻作家，這個說法是很有問題的，黃海一直認為科幻是介於成人與兒童之間的讀物，把成人科幻加以淺白化，也適合兒童閱讀，科幻的童話精神隱約可見，所以無需作此定位。馬克・吐溫一八八九年出版的《亞瑟宮廷的美國人》，可以說是時光旅行的濫觴，講一個康涅狄格州的人與人吵架時被打昏，醒來時置身在六世紀充滿浪漫的英國亞瑟王朝時代的世界，利用槍枝、火藥表現魔法，取得亞瑟王信任，把亞瑟王身邊的巫師瑪林趕走，他成為大臣，進行工業革命，以機關槍為武器，戰勝敵人後，雇請一位農家婦女當廚師，沒想到她是巫師瑪林喬裝的，對他施以魔法，使他一睡一千三百年，又回到十九世紀。再看一八九五年英國威爾斯的名著《時光機器》，也都是成人小說，兩部作品只要將文字淺白化，就是一本適合兒童或青少年閱讀的書。黃海觀察領悟的理論，也得到印證。

　　一九八九年幼獅出版的《兒童文學選集》套書五冊，我在總序中說：「我國新時代兒童文學發軔於何時？這是個有趣且爭議甚多的問題。有人認為是孫毓修編譯的《無貓國》（宣統元年，1909年3月）。他們認為中國兒童文學萌蘗於外國童話的移植，而《無貓國》是中國兒童文學誕生的標誌，因此有人稱孫氏為『現代中國童話的祖師』。」以這樣的論點來比較，一九三二年老舍出版的《貓城記》可

以說是「廣義的」科幻小說，曾被翻譯為英、日、俄、德、匈五國文字，在日本列入「科學幻想小說文庫」，它的寓言體屬性，也適合改寫成童話，一如《格列佛遊記》當初原是為大人寫作的，主要是在諷刺英國當代的社會，之後被改寫為《大人國小人國遊記》。因此，我們說黃海是臺灣科幻童話的「開山祖」或「開創者」，是恰如其分的。黃海觀察發現科幻與兒童文學的交集性，為科幻小說尋找它的藝術寄託所在，不論一九八九年獲頒國家文藝獎的《大鼻國歷險記》，首開「科幻童話」（science fantasy, science fiction fable）先河；或一九八六年獲頒中山文藝獎的《嫦娥城》，開創兒童科幻小小說的典型；或甚至創作少年科幻、成人科幻；他都努力在詮釋科幻的童話精神。現在這部《臺灣科幻文學薪火錄（1956-2005）》，直接間接闡述了科幻文學的創見，對從事文學工作者將有深刻啟發。

臺灣的科幻小說，最初是沒有名字的，張系國為它取了名字，最初少有人知道，也少有人了解科幻小說的內涵，黃海指出：「科幻小說」在一九八〇年代前後，逐漸形成共識和認知，之後黃海踵繼耕耘，並深入兒童科幻的領域，正如黃海的《嫦娥城》在獲得中山文藝獎之後，發表在一九八七年四月《海洋兒童文學》停刊號的〈讓科幻在兒童文學定位〉一文中所說：

> 「科幻童話」它剛出生時是沒有名字的，正如所有初生的嬰兒般，也許幼稚，但會隨著歲月成長，也有了名字、個性和智慧。

臺灣科幻文學的萌芽、茁壯、發展的歷史脈絡，曾由黃海、呂應鐘、葉李華陸續整理出頭緒，以至上海姜雲生、江西辛臨川、天津鄭軍、北京的吳岩、楊鵬都曾著述為文加以關注。臺灣的研究生以科幻為題材寫作論文，直到目前已知的有黃子珊、王洛夫、黃瑞田、范怡

舒、林建光、陳愫儀、傅吉毅、劉秀美、陳玉燕、陳雅雯、詹秋華、
陳鵬文、方安華、許麗雪、黃惠慎、戴秀柔、黃尹歆……等，前面三
位的碩論是以黃海個人為主題的，其他每位研究者，只要涉及到科
幻，就必須提到黃海，臺北教育大學的黃子珊論文今年（2006）剛完
成。現在黃海現身說法，以高遠寬廣的視野寫出本書，它的體例是介
於學術與通俗之間，混合回憶錄、心得錄、訪談錄、考察錄、評析
錄，呈現出跨越半世紀的「薪火錄」，令人想起葉石濤撰寫的《臺灣
文學回憶錄》，或許是黃海有心師法葉老，在黃海年老時的一次文學
奉獻和貢獻。

語文教育的歷史與記憶[*]

《新文學的教育之路──論現代文學與晚清民國語文教育的互動關係》
（王林，臺北：萬卷樓圖書公司，2015年1月）

---

[*] 原為王林：《新文學的教育之路──論現代文學與晚清民國語文教育的互動關係》（臺
北：萬卷樓圖書公司，2015年1月）序文。

　　一九九七年一月十九日，在參訪交流活動中，於西南師範大學認識了王泉根、王林師生。當時王林是碩士生，畢業後任職於北京人民教育出版社。其後又進修博士學位，因為從事語文教科書的編寫與研究工作。是以〈論現代文學與晚清民國語文教育的互動關係〉為論文題目，並於二○○四年六月畢業，是大陸首屆兒童文學博士。

　　在高校兒童文學研究方向中，似乎少有以語文教育為題，王林可說是開語文研究之先例。

　　其實，在二十世紀末期，為了因應科技發展、加強國際競爭力，由聯合國帶頭掀起教育改革之風，於是乎風起雲湧，國際化、全球化的潮流橫行不息。教育內容發生重大變革，所謂全球觀、跨文化學習、國際化態度、多元包容價值觀皆出籠，其目的在於培育國際化人才，提昇國民競爭力，以成功迎向未來世界。

　　在教育改革浪潮中，就國語文而言，大陸曾見有教材兒童文學化的主張，並見對民國初期國語讀本的懷念。上海科學技術文獻出版社有上海圖書館藏拂塵《老課本》（商務、世界書局、開明）的刊行，而後印行老課本與懷舊蔚為時尚。

　　所謂老課本，其實是中國近代（清末民初期）教育改革的成果。

　　中國近代教育緣於現代化。現代化運動的特色有二：其一，它是根源於科學與技術的；其二，它是全球性的歷史活動。更明確地說，這個現代化運動是人類社會所經歷的巨大形變的現象，它是十七世紀牛頓以後的工業革命。因此現代化是發源於西方的社會。西方社會經由數世紀科學的洗禮，古傳統、權威、價值皆受挑戰，科學成為「了解」世紀的基本法門，技術且成為「改變」世界的重要工具，西方之現代化的社會，其特性是以科技為主導。科學與技術具有普遍性，亦無時空性，因此，當非西方社會與西方社會遇合時，非西方社會立刻面臨到科技的全面入超現象，因此科技入超乃導致其傳統的生產方

法、社會結構、文化價值之轉變、破壞，而日漸朝向「西方型模」趨進，這種「西方型模」在社會學的意義上說則是「全球性」的。

而中國的巨變是十九世紀中葉西方帝國主義堅船利砲的轟擊而開始的。它的分界點即是一八四○年的鴉片戰爭，一八四○年以來中國即開始主動的拋棄傳統的農業社會，並被動的朝向現代化的工業社會。

在現代化的過程中，教育逐漸走進新文化運動中的主軸。一般說起，鴉片戰爭以前（道光十九年，1839）是具有長期歷史的傳統教育；但鴉片戰爭以後（1841）則漸次演變為現代化教育。在一九三七年全面爆發抗日戰爭後，教育則以國家本位的民族主義為主軸。

鴉片戰爭之後，雖有曾國藩、李鴻章等人的倡導與主持洋務，然而成績有限，經不起甲午戰後的考驗。是以可知中國新教育在萌芽時期的進程，非常緩慢，不足應付時勢的需求。而後，在甲午戰爭到辛亥革命十六年間，是教育大變速變的時期。一方面推翻了傳統教育制度；又一方建立起現代化教育制度。其間重要大事有：

一、廢止八股。光緒二十四年（1898）六月二十三日，明確地下達廢八股改試策論的諭旨。

二、停止科舉。光緒三十一年（1905）八月廢止科舉。

三、設立新式學校將各省縣原有書院，一律改建高等、中等與小學，並撤銷原有各府州縣儒學，完全以新式學校代替書院及各府、州、縣儒學。

四、光緒二十四年（1898）創辦京師大學堂，為我國國立新式大學之始。

五、欽定學堂章程。光緒二十八年（1902），清政府頒布了由張百熙所擬的「欽定學堂章程」，是為「壬寅學制」，但由於學制本身不夠完備和清政府對張百熙存有忮心等原因，所以沒有實行。次年十一月。則頒布了由張之洞、張百熙、榮慶合訂的

「奏定學堂章程」，以確定教育現代化的新學制；這年是癸卯年，通稱為「癸卯學制」。

六、此時期各種新式學校紛紛設立，成為一種全國性的興學運動。

民國成立後，首先定新的教育宗旨；其次改學制。而所謂的「兒童文學」一詞，周作人早在民國二、三年間即已採用，並以見之於刊物。是以所謂九年之說不無疑問。或謂「兒童文學」一詞自九年起較廣為流行。

至於兒童文學與國小教材接合，則有賴國語的推行，及教育部的政令。一九一九年，國語統一籌備會所提「國語統一進行方法」案，有云：

統一國語既然要從小學入手，就應當把小學校所用的各種課本看做傳佈國語的大本營；其中國語一項，尤為重要，如今打算把「國文讀本」改做「國語讀本」，國民學校全用國語不雜文言；高等小學酌加文學，仍以國語為主體。「國語」科以外，別種科目的課本，也該一致改用國編輯。[1]

至一九二〇年，全國教育聯合會擬定「各科課程摘要」，曾經提議「小學國語科讀書教材的內容，應以兒童文學為中心」。而後學教材已漸漸採故事、兒歌、童話等。

一九二九年八月，教育部公佈「小學課程暫行標準」，其中「國語」科已重申「讀書」的內容應該側重兒童文學，其「目標」第三條有云：

---

[1] 見1980年9月中華民國史事既要編纂委員會編印《中國民國史事紀要（初稿）》中華民國9年1月12日，頁47。

欣賞相當的兒童文學，以擴充想像、啟發思想，涵養感情，並增長閱讀兒童圖書的興趣。[2]

而後，國小國語科以兒童文學為中心。

又就教材演變過程中有三次爭論：

一、文白之爭，一九一九年三月教育部公布全國教育計畫，有「統一國語」條款。文白之爭是守舊與革新之爭。

二、讀經與否之爭，一九三五年五月《教育雜誌》出版讀經問題。

三、鳥言獸語，一九三一年二月湖南省主席何鍵主張讀經。

其實民國建國以來，內憂外患不斷，期間確有政治的介入，卻無礙國語文教材的兒童文學化，是以所謂的老課本，即是建國以後，一九三七年之前的國小國語課本。

老課本是作家（也是語文學者）所編寫的兒童文學化的教材。它是政府無力干涉之空窗期產物，似乎缺乏教育專業（課程、學習……）的認知，但卻有傳統學者的理想。

所謂教材兒童文學化，並非是純然以狹義的兒童文學（指文學性）為教材，而是指教材是以合乎兒童心理、生理與社會等方面的需求者。所謂「兒童文學」者是專屬兒童（指零歲到十八歲）的精神食糧。

申言之，教科書有其自身的規範與需求，它可以有文學性教材，卻不可能全部屬於文學性。但是它卻是專為兒童編寫。

或曰教科書，似乎是教育體系中不可或缺的存在。或許可以說：就某些情形之下，教科書是必要之惡。

2　見1929年11月《教育雜誌》，第21卷第11期，頁129。

　　教科書是依政府明令公布的課程標準〈綱要〉，選擇適當教材編輯而成書本形式之教材，作為學校教師教學生與學生學習之主要依據，其體列大部分「分年科」、「分學科」、「分單元（課）」。

　　教科書的性質，可歸納為下列數項：

　　　　教科書是達成教學目標的工具。

　　　　教科書是學生獲得知識的主要來源。

　　　　教科書是課程與教學間的主要聯結。

　　　　教科書的內容是一種經過精選的知識。

　　　　教科書的架構設計依其學科知識邏輯順序編排。

　　　　教科書的編排符合學生發展與學習需要。

　　　　教科書是文化遺產的精華。

　　　　教科書是維持社會團結安定的利器。

　　　　教科書是維持階級利益的工具。

　　　　教科書是師生對話的橋樑。[3]

　　總之，教科書是國家機器的一部分，基本上它仍是意識型態的產物。我們相信教科書有其功能，當然也有其限制。如何增加其功能，並減少限制，或許只有透過多元、開放與評鑑，才能為教科書找到合適的定位：

　　　　教科書是發展出來的。

　　　　教科書不是唯一的教材。

3　詳見藍順德著《教科書政策與制度》（臺北：五南圖書出版公司，2006年1月），頁8-11。

　　教科書不是聖經。

　　教科書是社會文化的產物。

　　教科書是商品。

　　教科書是後經驗財。[4]

教材的審查或編寫理當由課程、語文、學習等領域專家組成。
我們理解語文的教學之層次：工具性、文化性與文化性。
又教改的基本理念是：以教師的自主體、以學校為本位。
因此，面對教材，其定位已如上述。如今該思考的是：

　　課綱的合理與可行性。

　　了解資訊時代學習的意義。

　　強化教科書評鑑。

我的結論是：

　　人能弘道，非道弘人。

　　王林目前仍從事國小語文教科書的編寫與研究工作，他的博士論
文雖不全是以國小語文教材為研究文本，卻有開創與演進的可能性。
因此我鼓勵他出版，並且略抒己見。其目的有二：一者為晚清民國的
語文教育留下歷史與記憶；再者期盼他能有推新之作。

4　詳見藍順德著《教科書政策與制度》（臺北：五南圖書出版公司，2006年1月），頁
　　17-22。

她是我的學生*

《臺灣兒童戲劇的興起與發展史論（1945-2010）》

（陳晞如，臺北：萬卷樓圖書公司，2015年7月）

---

* 原為陳晞如：《臺灣兒童戲劇的興起與發展史論（1945-2010）》（臺北：萬卷樓圖書公司，2015年7月）序文。

　　《臺灣兒童戲劇的興起與發展史論（1945-2010）一書，是晞如一〇二年度「國科會學術性書寫計畫」（編號：102-2410-H-204-209）的結案成果。亦即是在博士論文《臺灣兒童戲劇的興起與發展史論：1945-2007》一文的基礎上，將其修訂增寫成更為完整的成書論著。其間問序於我，身為指導教授的我，自是義不容辭。

　　晞如專業是中國文化大學戲劇系中國戲劇組，美國 Long Island University 表演藝術碩士，回國後於高校任職，皆從事與兒童戲劇相關的教學與研究。二〇〇五年進臺東大學兒童文學博士班。其實，晞如在入博士班之前已有可觀的兒童戲劇譯、著。入學後，所上雖然沒開設有關童戲劇相關課程，但晞如仍以兒童戲劇為專業，由於教學相長，於是有了更開闊的視野與省思，是以不斷有論文發表。

　　後來，和我討論博士論文選題事宜，我建議以臺灣兒童戲劇發展史論為題。晞如欣然同意。

　　在臺灣兒童文學成為一門學科，或稱始於一九九六年八月臺東師院經奉報行政院核准增設並進行籌備兒童文學研究所。至二〇〇三年招生博士生。實言之，兒童文學是一個小學門，因為學門的建立，必須累積文獻與史料。因此，我建議我的博士生，能以立足本土為出發點，且論題宜大且全面，以作為後續研究的準備，方為有效策略。當年創所之際，期許成為臺灣地區兒童文學研究的重鎮為目標，進而成為華語世界的兒童文學領域中心。發展方向與重點在於：「立足本土，心懷大陸，放眼天下。」換言之，兒童文學研究所的發展策略是立基於本土，進而以國際觀視野逐步前進，正是所謂「本土策略，全球表現。」

　　兒童文學是新生的學門，除擴展國際視野外，更宜有在地的重視與整理，在講授研究過程中，特別重視作家訪談，指標事件的確認，以及逐年整理收錄年度書目（含理論、創作與翻譯），是為建構臺灣

兒童文學發展史奠基。

在各種文類裡，兒童戲劇又是冷門中的冷門。雖然官方有過兒童戲劇展或比賽，但乎沒有兒童戲劇的專業。在戲劇系裡少有觸及兒童戲劇者。於是乎個人試圖關注兒童戲劇，且以演出及作品資料為入手。其間有多篇論述，也因此結識了許多兒童戲劇團。

創作初始，想開設兒童戲劇相關課程，進而成立兒童戲劇團，然而尋求無門，直到二〇〇五年禮聘黃春明先生為駐校作家，才開兒童戲劇課程，進而有了《掛鈴鐺》的演出。今見晞如以臺灣兒童戲劇發展史論為題，自是竊喜不已。

基本上兒童戲劇是西來的產物，也是接受西化（或稱現代化）以來的一種新樣式，有別於傳統的戲劇。嚴格來說，鴉片戰爭（1838）以降，傳統消失，所謂新典範要皆以歐美為依歸。已然成為沒有歷史、沒有記憶的族群，在所謂的全球化迷霧中，我們只是殖民文化，缺乏主體性與自主體。

在晞如畢業之時，已將個人收藏兒童劇本作為賀禮，寄望她能一直走在兒童戲劇途中。今見論文獲獎助且修訂增補成書，於將出版之際且略述因緣。除嘉勉晞如之用心外，更期望這本著作能得到你的關注，並關心臺灣的兒童文學。

我看「讀整本書」教學[*]

《小學讀整本書教學實施方略》

（李懷遠，上海：華東師範大學出版社，2020年1月）

---

* 原為李懷源：《小學讀整本書教學實施方略》（上海：華東師範大學出版社，2020年1月）序文。

懷源新書在出版之前，將全文電郵給我過目，並邀我寫篇序文，當然義不容辭，卻也勾起了幾許的思緒。

在上個世紀末期，因應時代的變化，興起了教育改革的浪潮，所謂教育是一切的根本。從佐藤學到薩爾曼・可汗（Salman Amin Khan）。麥爾荀伯格（Viktor Mayer-Schönberger）肯・羅賓森（Ken Robinson）、保羅・塔夫（Paul Tough）、丹尼爾・高曼（Daniel Goleman）、彼得・聖吉（Peter M. Senge）等人的論述與眾多的實踐，課堂教學已逐漸轉化為以學生為中心，這是所謂的翻轉教室。更由此演化出所謂國際性的「國民核心素養」教育。核心素養的教育，最重要的三個關鍵是：一、以學習者為中心；二、注重個別差異化；三、生活中的實踐及運用。

而在教育改革中，最顯著的課程首推語文，因為語文學習是各科的基礎。語文的內容是聽、說、讀、寫。而其間又以讀（閱讀）為主。

於是有了國際性的閱讀評量：PIRLS、PISA；名稱從閱讀、閱讀理解、閱讀力、閱讀素養。素養是「辨認、認識、解釋、創造、計算和溝通跨領域，各種視、聽和數字媒材的能力。」因此，所謂的義務教育也從以前的「學科知識」轉化為「基本能力」，如今則成為「核心素養。」如今的閱讀，即是所謂閱讀理解的素養，或稱閱讀素養，也就是全閱讀、大閱讀。

目前，義務教育的小學課程中，除必修的基礎型課程中的語文課，是課內閱讀課，並有拓展型課程和研究型課程，是屬於選修的課外閱讀，更有屬於學童自主的課外閱讀。有關課外閱讀，在《義務教育語文課程標準》（2011版）第二部分〈課程目標與內容〉二、〈學段目標與內容〉第一學段（1-2）（二）閱讀：

> 七、積累自己喜歡的成語和格言警句。背誦優秀詩文五十篇
> （段）。課外閱讀總量不少於五萬字。（頁7-8）

同上，第二學段（3-4年級）（二）閱讀：

> 八、積累課文中的優美詞語、精美句段，以及在課外閱讀和生活中獲得的語言材料。背誦優秀詩文五十篇（段）。
>
> 九、養成讀書看報的習慣，收藏圖書數據，樂於與同學交流。課外閱讀總量不少於四十萬字。（頁10-11）

同上，第三學段（5-6年級）（二）閱讀

> 七、誦讀優秀詩文，注意通過語調、韻律、節奏等體味作品的內容和情感。背誦優秀詩文六十篇（段）。
>
> 八、擴展閱讀面。課外閱讀量不少於一百萬字。（頁12-13）

在教育改革與閱讀教育的推波助瀾之下，基礎教育的語文教師可說人才輩出，尤其在教學實踐中更有輝煌成果，而懷源即是其中之一。

與懷源可說是忘年之交，自認識以來，兩人交談皆以語文、閱讀為主。個人自一九七一年以來，亦是以語文、兒童文學為專業，因此相談甚歡。懷源除致力現場教學外，更著力於教學背後理論的建構。這三本書有關「讀整本書」教學，是他繼早期「單元整體教學」之後的教學理論與實踐的成果，前後花了十三年，也是國家社會科學基金教育學一般課題「基於核心素養的小學讀整本書課程實施與評價體系研究」（BHA160150）的成果。

閱讀本書書全文，自成體系。所謂「讀整本書」，前有葉聖陶、顧黃初之說，並有語文課程標準的規範，可說理論與實務兼具，就「讀整本書」的研究而言，可說頗具開創性，其間或許仍有所不足，有待後續者。

個人認為就閱讀而言，可注意者有二。首先，必須瞭解課內、課外之別。課內閱讀是課程之必須，學生無所選擇；而課外閱讀則是學童自主閱讀與發展天賦的契機，千萬別課內、課外不分。其次閱讀不只是語文老師的事，也是各科老師的事。懷源在此二者皆有突破，一是規範閱讀與自由閱讀並重，二是自二〇一二年以後就把閱讀推廣到小學的各個學科。

就教學而言，必須落實於課堂與學生。常見名師教學演示，不是流於做大就是做細，有時更是炫才與炫技。教學演示要有課時的設計，使觀摩者看到流程，所謂「鴛鴦繡出從君看」，要把金針度與人。否則只用一個課時教完，正是炫才與炫技，觀者霧裡看花，無濟於教學。至於做大，做細，更是教學的大忌，教學的基礎在於保底，至於上不封頂是學生的自主學習，不是老師職責，否則陷多少學生於泥淖。懷源致力於各種課型的建設，就是希望學生能夠自主閱讀。

孩子是學會，而不是教會，教育的意義在於：

　　學會學習；學會生活。

更要瞭解的是：

　　人能弘道，非道弘人。

尋回已逝的童心 *

《兒童文學讀寫導論》

（劉瑩、許建崑等，臺北：洪葉文化事業公司，2022年1月）

---

* 原為劉瑩、許建崑等合著：《兒童文學讀寫導論》（臺北：洪葉文化事業公司，2022 年1月）序文。

　　有天在一個評審會議上，素珍老師說他們中部幾位老師合寫了一本兒童文學教材，屆時希望我幫寫篇序。我當場答應。不久主其事者劉瑩老師出面邀請，並將文稿影印裝訂郵寄過來。於是我用心思考如何下筆。

　　話說臺灣地區師範學校開始有「兒童文學」課程，是始於一九六〇年八月省立臺中師範學校改制為臺中師範專科學校，當時即著手擬定課程綱要，一九六一年五月又加以修訂，其中選修甲組有「兒童文學習作」二學分。而當時中師劉錫蘭編著《兒童文學研究》[1]這是臺灣地區目前可見正式出版的第一本兒童文學基礎性、通論性的教科書，而後有：

　　　林守為著　兒童文學　臺南市　作者自印　一九六四年三月
　　　吳鼎著　兒童文學研究　臺北市　臺灣教育輔導月刊社　一九六五年三月

　　吳鼎、林守為兩位是臺灣早期兒童文學理論研究的先驅者。

　　在師專時期，不論二專或五專，都列有「兒童文學」科目二學分，供國校師資科語文組學生選修。

　　一九六七年，師專設夜間部，亦開設「兒童文學研究」科目，供夜間部學生選修。

　　一九七〇年九月，增開「兒童歌謠研究」四學分，供五年制音樂師資料學生選修。

　　一九七二年，師專暑期部也列有「兒童文學研究」科目，供全體學生選修。

1　1963年10月修訂再版。

　　一九七三年度，華視電視臺開始播授「兒童文學」課程，由葛琳教授主講。

　　五年制國校師資資料之課程經過四次修訂。至一九七八年三月十一日，教育部公布「師範專科學校五年制普通科科目表」，易國校師資科為普通師資科，而語文組選修中的「兒童文學」，則增為四個學分，並定名為「兒童文學研究及習作」。

　　又近年來普遍重視學前教育，各師專先後皆設有幼師科，其中選修科目有「故事與歌謠」，驟使兒童文學有類似顯學之趨勢。

　　一九八六年十一月七日行政院通過師專改制案。並於一九八七年八月一日起，將國內現有的九所師專一次改制為師範學院。在新制師範學院的一般課程，列有二學分的「兒童文學」，且是師院生的必修科目。而語教系則有三個學分的「兒童文學及習作」。

　　至一九九三年度起實施的「師範學院各學系必修科目表」，初教、語教、社教及數理四系，於普通課程共同必修「語文學科」中列有兩個必修學分「兒童文學」至於體育、音樂、美勞、特教及幼教等五學系，則列為選修。

　　師專時期國小師資科語文組有「兒童文學」選修課，但並非九所師專都開課。直到一九八七年八月，將九所師專一次改為師範學院，這才是兒童文學的鼎盛時期。

　　在上個世紀七○年代至九○年代之間，就有近四十本兒童文學通論式的教材。又空中大學亦於一九九三年九月人文系擬開「兒童文學」，並委請我負責撰寫與講授，於是我找了師院兒童文學同好陳正治、蔡尚志與徐守濤一起撰寫。《兒童文學》一書（1993年6月，空中大學。）《兒童文學》於一九九六年九月改由五南出版社印行至今。後來我又幫空大主編了三本有兒童文學教材：

林文寶、周惠玲等六人　兒童讀物　臺北縣　空中大學出版中心　二〇〇七年十二月

林文寶、陳正治等六人　幼兒文學　臺北市　五南圖書出版公司　二〇一〇年二月

林文寶、江學瀅等六人　插畫與繪本　新北市　空中大學出版中心　二〇一三年八月

可想像兒童文學在師院時期成為顯學的盛況，每個師院至少有兩位兒童文學的教師。後來由於〈師資培育法〉於一九九四年一月十八日經立法院三讀通過，並經總說於同年二月七日公布施行。這是所謂的師資多元化，終於各大學於二〇〇二年紛紛成立「師資培育中心」，招收中小學程。雖然兒童文學也是選修之一，無奈師範院校也開始解體。首先，於二〇〇〇年二月一日嘉義師院與嘉義技術學院兩校整合成為嘉義大學，其餘師院或合併到現有大學，或成為綜合大學，存者亦易名為教育大學，實際上即是綜合大學。於是乎師資單元化已然成為過去，而兒童文學似乎也轉向寄存於各種相關學系裡去，當然亦淪為稀有的學科。

回首前塵，似乎悲歡交加，如今仍有如此的同行者，行年已過退休，卻對兒童文學不離不棄，更堅持將各自專項撰寫成教材。綜觀全書，內容簡潔，清楚明白，全書強調讀寫，是以文體分論中皆有〈作品賞析〉，合適做為教材，且每章後列有〈參考書目〉與〈延伸閱讀〉，更合適做為自主閱讀。是以我樂以推薦。

兒童文學是緣於教育兒童需要而生。一般來說來所謂兒童文學亦即是為兒童而設計的精神食糧，其書寫是以合乎兒童心理、生理與社會需求為依據。於是，我禁不止要說：寫給兒童看的書，不是為了教訓兒童；而只是為了引起他們的注意力和好奇心。同時，更盼望選讀

兒童文學的同學，或閱讀此書的成人，能從其中尋回已逝的童心，並獲得些許的乳香。

最後，我仍要對六位撰寫人致上最誠懇的敬意，兒童文學路上因為有你們，是以形成了一道風景。而今仍有出版社願意出版此書，更是一道風景中最耀眼的星星。

老，是一種熱鬧過後的優雅*

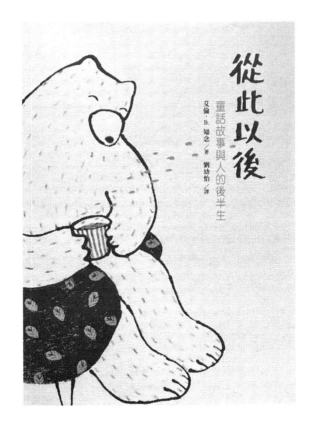

《從此以後──童話故事與人的後半生》

（艾倫‧B‧知念，臺北：天衛文化圖書公司，2019年7月）

---

* 原為艾倫‧B‧知念著、劉幼怡譯：《從此以後──童話故事與人的後半生》（臺
北：天衛文化圖書公司，2019年7月）序文。

　　從此以後，王子與公主過著幸福快樂的日子，許多童話總是在主角努力後克服困難，獲得圓滿結局，帶給讀者無限美好，但是艾倫·B·知念認為，這都只是童話的前半段而已。

　　他以《從此以後：童話故事與人的後半生》這本書，告訴我們：童話故事應該還有後半段。其實人生是發展出來的，西方發展心理學即是，而孔子也說過：「君子有三戒：少之時，血氣未定，戒之在色。及其壯也，血氣方剛，戒之在鬥。及其老也，血氣既衰，戒之在得。」於是在他積極尋找下，這幾乎被遺忘的後半段童話——老人童話，終於露出曙光，雖然篇數寥寥，不過也間接提醒著我們，這些老人童話，猶如現在許多長者的處境，他們遭到冷落與不重視，正被這個社會所遺忘，我們必須得正視這個問題。

　　臺灣已經邁入高齡化社會，長照問題與老人照護議題，都是這幾年熱門的社會議題，老人的身心問題若沒有受到重視，都有可能惡化成嚴重的社會問題，政府必須有所政策給予協助，讓青壯年無後顧之憂，盡情為社會做出貢獻，社會才得以安定常樂。不只是臺灣，相信在這個時代裡，誰能安妥處理老人問題，絕對會衡量這個國家是否足夠成熟進步的重要指標。

　　人們不只要學會長大，也要學會如何面對死亡。除了仰賴政府政策與青年的幫助，老人自身也需調整心態，承認自己生理的狀態正在走下坡。以經濟生產的角度，或許老人只是社會的拖油瓶，不事生產之外，還消耗資源仰賴照顧，毫無經濟價值可言；但是作者並不認同，他試圖在滿山滿谷的英雄童話當中，極力找出老人在童話脈絡裡的價值綠洲。他認為老人也應該像孩子一樣，有為他們而寫的「童話」，讓他們有所依歸，找到倚靠；或許唯有找出老人童話的存在證明其價值，對艾倫·B·知念而言，才是人類最完整的一部童話史。

　　艾倫·B·知念本著信念替老人發聲，告訴我們——老人永遠是

這個世界的一份子。其實原因其來有自，他在此書的開頭如此寫道：「謹以此書，獻給我年邁的雙親。」這已經充分顯示作者的書寫契因，肯定老人在社會上的貢獻，希老人的價值重新被看見。不可否認，在這樣的緣由下，艾倫・B・知念在一成不變的童話研究裡，找到一個全新方向，讓人眼睛為之一亮。

艾倫・B・知念從古典童話中，選擇十八篇各地的老人童話作為論述文本，除精彩的序言和結語之外，每一章就是一則老人童話，開頭先提供故事原貌，接著開始文本分析，他選擇卡爾・榮格和艾瑞克・艾瑞克森老年化研究學說作為基礎，論述之中常可見他對老人的心態與心理發展都有精闢的分析；並適當的舉出自己在心理治療過程中的實例與故事相互佐證輝映。雖然十八篇的文本數並不多，但是在他的精彩論述之下，讓讀者得以窺見隱藏在故事底下百分之八十的冰山。這十八篇童話從點成線，最後交織成一張美麗的老人童話論述風景，這段論述織網過程，精彩絕倫。

這十八篇老人童話，不只是單純讚揚老人智慧與經驗的可貴；在某方面，更像是給老者所閱讀的寓言故事，隨著年紀增長，每個人的角色也會有所變化：公主變成人妻，王子晉升為父親，老人童話就告誡這些長者角色，不可以倚老賣老，利用自己的老態為所欲為，更不能尖酸刻薄，否則會得到懲罰，唯有智慧、包容，才能得到美好。

艾倫・B・知念在論述中所認為的「老人」，是一種相對於「青年」的概念，聲明當時的老人，以現在的角度而言，可能是青壯年，根本還不到老的地步，但是他認為論述必須回到歷史現場，才能給予最適合正確的評論。作者的解析平易近人，沒有過於晦澀的言詞與理論，因此在閱讀的過程當中，宛如閱讀一本有趣的童話論述，縱使讀者沒有學術的訓練，都可以享受故事的芬芳與作者論述的精彩思辨。

作者表示關於老人的童話故事所描繪的是有關人後半生的理想；

老人童話主要是要呈現給讀者對老年的生活想像，所以倘若你是一個長者，或許你應該找個機會閱讀，這本書絕對能讓你滿載而歸。孩子需要童話故事，老人也需要。童話是源於民間故事的傳承，是一種智慧的傳承，教導人們為人處事的智慧。其實，大多數人都忘了這些古典童話，是先民所傳承下來的智慧，也就是族群的記憶，所以它不只是給孩子讀，更是人類的歷史寶藏。

在高齡化的社會，有許多樂齡的照顧與活動，都是基於陪伴年長者所設；除了生理的照料下，心理層面需要更加留意。他們承受著龐大的心理壓力，一方面是來自即將面對死亡的恐懼，一方面是對於不再年輕，被視為只是毫無生產力消費者的恐慌。書中談及青年與老人的差異，他們一樣會遭受到生活的苦難，不過老人不像青年擁有力氣可以直接對抗，他們必須運用智慧度過難關，所以艾倫・B・知念也間接告知讀者一件事：擁有智慧的老人，才可以在他的後半輩子過著幸福快樂的日子；但作者也聲明，並非所有的老人都擁有智慧，也不是所有的青年都是勇士。智慧的芬芳，才能使得老人獲得價值。老人不應該只能被貼上「照顧」，「麻煩」等標籤，關於老人的經驗、智慧與成熟，這都是一種美德。

其實，筆者已經是個年過七十的老者，我認為每個人都必須學習「老」這件事，人一出生就是注定往死亡的墳墓邁進，所以老是一種進行式，從沒有停止過。不過，生命的價值在於每個階段都有其學習的功課，勇於追求夢想是青年的功課，學習智慧是年長者的功課。老其實是一種優雅，那是歷經多少日子所換來的自在從容，猶如孔子所言，七十從心所欲而不踰矩，那是一種熱鬧後所展現出的優雅。現今社會似乎許多人都在追求形式外貌上的年輕，不肯認老，在他們違反自然的光鮮外表下，感受到他們的焦躁不安，這肯定就不是一種智慧的展現。認老，認清自己現在的狀態，怡然安在，唯有接納自己的老，你才會顯得更為有活力，更為年輕，而成為智慧的勇士。

有效的學習*

《繪本──閱讀教學「慢」課堂》

（北京：外語教學與研究出版社，一年級（上）2020年7月，一年級（下）
2020年4月，二年級（上）2020年7月，二年級（下）2020年8月，三年級
（上）2020年9月，三年級（下）2021年4月）

　　做為基礎教育的一線教師，個人認為除了具備教學的基本能力之
外，更重要是有正確的「認知」與「情意」。

　　布魯姆的教育目標分類學認為教學的目標有三，而我們卻是缺
乏與「認知」、「情意」並列的「技能」。其實對技能有正確認知，才

---

* 原為李一慢：《繪本──閱讀教學「慢」課堂》系列（北京：外語教學與研究出版
　社，2020年）序文。

會理解技能的意義，更何況技能的掌握，也必須有正確的目標與刻意練習。

其次，需要理解國家課程標準、教材與指導手冊，才能落實核心素養的教學。

今就小學課程而言，是由基礎型課程、拓展型課程和研究型課程構成。

基礎型課程強調促進學生基本素質的形成和發展，體現國家隊公民素質的最基本要求。基礎型課程由各學習領域體現共同基礎要求的學科課程組成，是全體學生必修的課程。

研究型課程是學生運用研究性學習方式，發現和提出問題、探究和解決問題，培養學生自主與創新精神、研究與實踐能力、合作與發展意識的課程，是全體學生限定選擇修習的課程。其內容可以從學生的興趣與生活經驗出發，也可以從學科出發實施時可以採用主題探究活動、課題研究、項目設計等方式。研究型課程在九年義務階段為探究型課程。

拓展型課程以培育學生的主體意識、完善學生的認知結構、提高學生自我規畫和自主選擇能力為宗旨，著眼於培養、激發和發展學生的興趣愛好，開發學生的潛能，促進學生個性的發展和學校辦學特色的形成，是一種體現不同基礎要求、具有一定開放性的課程。拓展型課程由限定拓展課程自主拓展課程兩部分組成：

限定拓展課程主要由綜合實踐學習領域的學校文化活動與班團隊活動、自我服務與公益勞動、社區服務與社會實踐等各類活動，以及國家規定的各類專題教育組成，是全體學生限定選擇修習的課程。

自主拓展課程主要由基礎型課程延伸的學科課程內容和滿足學生個性發展需要的其他學習活動組成，是學生自主選擇修習的課程。

理解國家課程結構，進而細讀統編教材與教師手冊，而後能以學

生學習主體，核心素養為軸，進行有效的教學。所謂有效的教學，是指了解學童的個性化學習，並且要落實於生活。

今觀一慢繪本教學這套書，它應該是屬於探究型課，或是自主拓展課程，其目的在於補助基礎型課程教學的不足，或延伸基礎型學科的內容與滿足學生個性發展的需求。

基礎教育首重有教無類，其教學目標是以保底為先。因此所謂探究型課程或自主拓展課程，是在加固保底，進而提升學生的自學力；並非強調上不封頂的高大尚。

一慢《繪本閱讀教學「慢」課堂》，是他十年來的繪本閱讀教學經驗的整理與出版。在這個過程中，不是簡單的選與擇，而是把繪本當成課程資源的主體進行篩選、匹配、分析、講讀和整合。這種調整，是他對繪本閱讀教學的深度反省，而其軸心是搭配《義務教育語文課程標準》與現行小學語文統編教材，如此不離不棄。這種不離不棄，我們可以從〈課程說明〉得知，課程到底關注什麼重點？又課程到底想解決什麼難點？如此細心規劃自能引發學生的學習樂趣，老師也因此有信心，家長放心，進而教育當局亦安心。又《繪本閱讀教學「慢」課程》編止於三年級，不做無謂的延伸。

是以我願意推薦這套書給有心的師長們，因為它是一套有效且有目標的學習書。

於是乎你發現了自己*

《童年的秘密藏在繪本裡 ── 繪本裡的兒童心理學》
（孫莉莉，北京：北京啟發文化傳播公司，2021年9月）

---

* 原為孫莉莉：《童年的秘密藏在繪本裡 ── 繪本裡的兒童心理學》（北京：北京啟發
文化傳播公司，2021年9月）序文。

　　繪本的閱讀對象是低幼的孩子。它是以圖畫的方式呈現的故事書，是用孩子喜愛的圖畫語言，以及孩子能夠理解的圖畫表現手法，向孩子展現一個神奇的、充滿想像與創意的世界。低幼孩子的喜好和大人不太一樣，他們喜歡誇張、新奇、充滿樂趣，有別於真實生活的故事；他們不喜歡枯燥的故事，乏味的敘述。因此，寫給低幼孩子看的書，特別是繪本，較之於大人看的書，總是洋溢著濃郁的趣味性、歡愉性和遊戲性，即是創意與想像的實踐。

　　是以松居直在《幸福的種子》一書裡說：

> 因此，我得了一個結論：圖畫書對幼兒沒有任何「用途」，不是拿來學習東西的，而是用來感受快樂的。而且一本圖畫書會愈有趣，它的內容愈能深刻地留在孩子的記憶裡，在成長的過程中，或是長大成人之後，他自然能理解其中的意義。[1]

　　壯哉斯言也，然而，曾幾何時，繪本由於自身的演進，以及「視覺轉向」（亦稱圖像轉向）的驅動，已然成為一種獨立的文類，其閱讀對象亦不再以低幼孩子為主。又在全球化與教育改革的衝擊下，繪本亦在無形中走入幼兒園的課堂中，它不再是沒有任何「用途」，也不只是教學的資源，而且冠冕堂皇成了教材。

　　過度張揚繪本，以及對繪本的誤用，是令人擔憂的。因此我鼓勵莉莉應該以自己學前專業的角度，為關心教養的師長們提出一些或許有用的看法。而後有雜誌社找她寫專欄，她就以兒童發展心理學的觀點，來討論繪本裡的孩子。如今啟發世紀圖書公司願意將其結集出版，於是她將專欄文章加以增補與修訂，並問序於我，真是令人喜出望外。看到她用專業書寫人文科普，而出版社亦願意增訂相關索引。

1　見2013年9月二十一世紀出版社本，頁20。

當然，我更樂於推薦。也因此引發我說說有關教養與幼兒學習的那些事！

　　歷史學家認為「童年」的概念是現代的發明，之前兒童的穿著打扮與身體表情都只是成人的縮影，從事的休閒活動與工作大同小異，成人也會唸故事書給彼此聽，兒童也要參與活動。直到文藝復興時期，我們現在習以為常的天使般的甜美面貌，才普遍出現在貴族兒童的肖像畫中。十八世紀後的思想家進一步奠定了浪漫主義的童年觀與教育觀的啟蒙意義：洛克視兒童為白紙一張，後天教養能激發無限學習潛能；盧梭則強調兒童的純真狀態，應視其自然發揮天性。而華滋華斯在他的詩篇〈詠童年往事的永生的信息〉，則認為正因為無知，孩子才擁有一種特別的知識。這種涇渭分明的兒童觀點，至今仍影響與教養的辯論。

　　也就是說之前的兒童曾是家庭裡重要的勞動力，而如今的「現代兒童」變得「經濟上無用，情感上無價」。

　　在中國歷史上，「童年」與「成年」的範疇也不像現在這樣壁壘分明。不同朝代的士人家庭在教導重點上雖有不同，但普遍帶有功能論的色彩。

　　如今，基於童年意義的轉變，父母的責任相應擴大，不只要養，而且要分擔教育任務，必須在童年期間，甚至是學齡前，接受專家的指導意見，以確保孩子獲得足夠的學習刺激與認知發展，類似「孩子的成長只有一次」、「童年不能重來」。在過去，生養子女有助於家庭的經濟安全，不論是提供當下的勞動，或是未來的經濟支柱。對當代的父母來說，教養過程及其不確定的後果，反而成為不安全與焦慮的來源。[2]

2　藍佩嘉著：《拼教養——全球化、親職焦慮與不平等童年》（臺北：春山出版公司，2019年5月），頁19-21。

其實，新的發展研究表明，歷史上對孩子的這些共識完全錯了。

　　孩子既不是一塊白板，也不是不受束縛的慾望載體，更不是事
　　實全憑直覺的幻想家。嬰幼兒能夠思考、觀察和推理，他們會
　　考量證據、得出結論、進行實驗、解決問題以及探索真理。[3]

　　有關兒童心智的研究，其中以艾莉森・高普尼克（Alison Gopnik）
最為著名。艾莉森・高普尼克（Alison Gopnik）是國際公認的兒童學
習與發展研究領袖，第一位從兒童意識角度深刻剖析哲學問題的心理
學家。對於孩子的心智、大腦和學習方式，似乎沒有人比她更了解。

　　他與安德魯・梅爾佑夫（Andrew N. Mellzoff）、帕特里夏・庫爾
（Patricia K. Kull）合著有《孩子如何學習》[4]，另外個人著作中譯本
有：《孩子如何思考》[5]、《園丁與木匠》[6]、《其實孩子在學習社交互
動》[7]。

　　《孩子如何學習》一書的作者們，認為嬰幼兒是令人著迷，是那
麼神秘，那麼不可思議。他們認為我們的感官有這麼多侷限，可我們
如何能夠懂得如此之多？這一知識之問是哲學上最古老也是最深刻的
問題之一。於是他們從三個古老而深刻的哲學難題：他心問題（the
other Minds Problem）、外部世界問題（the External World Problem）
以及語言問題（the Language Problem）入手，來研究嬰幼兒的心智與
發展，有關嬰幼兒的最新研究也包含了上述三個問題的答案，結果證
明，那種讓我們能夠知曉世間萬物的能力的源頭就潛藏在嬰幼兒時

3　見《孩子如何學習》，頁13。

4　《孩子如何學習》（浙江：浙江人民出版社，2019年7月）。

5　《孩子如何思考》（浙江：浙江人民出版社，2019年9月）。

6　《園丁與木匠》（浙江：浙江人民出版社，2019年7月）。

7　《其實孩子在學習社交互動》（浙江：浙江人民出版社，2019年7月）

期。於是他們認為新的發展心理學研究告訴我們，寶寶必是擁有一些
相當非凡的特徵：

> 這台計算機的初始程序裡必定預裝了大量關於世界的知識。這
> 本書裡將會講到科學實驗表明，即便是新生兒，也已經對人、
> 物和語言有了很多了解。但更重要的一點是，嬰兒擁有可同步
> 修改、重塑和重構知識的強大學習機制，而這恰巧是當下計算
> 機的一大弱點。如今的計算機對於解決界定清晰的問題十分在
> 行，但對於學習的熱情卻不高，在即時調整學習方式方面更是
> 糟糕透頂。最後，嬰兒們擁有全宇宙最給力的技術支持系統：
> 媽媽。成人自身的天性決定了他們的行為方式是有利於嬰兒學
> 習的。實際上，這樣的支持在嬰兒的發展過程中發揮著舉足輕
> 重的作用，我們有理由相信這種支持本身就是嬰兒這一系統的
> 組成部分。人類嬰兒的計算系統本質上就是一個網路，編織這
> 張網的材料不是光纖，而是語言和愛。（頁7-8）

其實，《孩子如何學習一書》一書，都在闡述這三個核心觀點：
即嬰兒天生就已經具備很多知識，嬰兒擁有強大的學習機制可以學更
多，而成人天生就有幫助嬰兒學習和成長的本能。孩子認識世界、思
考世界的方式與科學家很多層面都非常相似。而本書的主標題是：搖
籃裡的科學家（The scientist in the crib）

教養孩子本身是一項十分困難的工作，充滿了不確定性，科學為
我們找出嬰兒的三個核心觀點，但教養孩子科學雖然無法真正解決，
卻也提出最重要的建議：

> 父母和所有成人天生都具備幫助孩子進行學習的能力，但他們
> 需要投入時間和精力去鍛鍊這一能力。（同上，頁201。）

另外，艾莉森‧高普尼克在《「教養」是一種可怕的發明》[8]一書中，亦有幾則可供參考：

> 人類最特別、最重要的能力，包括學習、發明和創新，還有傳統、文化及道德觀點等，都深植於家長和孩子的關係之間。（頁35）

> 父母親很重要，不論孩童是否用觀察的方式，或是經由證言而學習，他們都是從父母和其他照顧者身上學習。他們會仔細觀察父母親的舉動，並且仔細聆聽他們所說的話。（頁200）

> 父母親和其他照顧者不用過度教導孩童，而只要讓他們學習即可。孩童能夠敏捷輕鬆從他們身上學習，而且他們非常擅長得到需要的資訊，以及詮釋資訊，父母親並不需要為了給予孩童需要的資訊，就有意地操控自己說話的內容。（頁201）

簡單的說，所謂科學給出的建議，即是：以身作則與了解兒童。雖然發展心理學最深入人心的概念是：

> 發展是有階段性的。
> 發展是有方向性的。
> 發展是連續性的。

然而真相是：

8　《「教養」是一種可怕的發明》（臺北：大寫出版社，2018年3月）。

個體發展在速度和方向上是有差異的。

個體發展受到先天和後天因素的影響。

個體發展很多規律還沒有被人們掌握。

因此，繪本裡的兒童發展，他不是教養指導或手冊，也不是能免於教養焦慮的閱讀處方，更不是兒童心理發展的指南，它只是讓你知道觀看繪本的另一種方式，作家可以在你沮喪或迷亂中，使你發現孩子成長的力量，於是你終於在「繪本裡的兒童發展」中，看到繪本裡的孩子竟然就是你的孩子，於是乎你也發現了自己，也因此你就教養了自己。

期待的新聲*

《兒童文學的新生與新聲》

（謝鴻文，臺北：秀威資訊科技公司，2022年3月）

---

* 原為謝鴻文：《兒童文學的新生與新聲》（臺北：秀威資訊科技公司，2022年3月）
序文。

　　個人從事兒童文學研究與教學，是以書目為入徑。長期以來編寫年度兒童文學書目。初期是以原創作品和論述為主，而後又有了外來翻譯作品類，書目編寫始於一九八三年四月，止於二〇〇九年底。

　　也因此對從事兒童文學工作者的著作（含創作與論述），會有所了解，知道鴻文就是始於他的創作，而後有機緣才正式認識，其為人沈默寡言，溫文有禮。

　　其後，收到《凝視臺灣兒童文學的重鎮——桃園縣兒童文學史》[1]一書，令我驚喜不已，可見其人之好學與用心，這是臺灣第一本區域文學的著作，後續二〇一五年有《桃園文學的星空》[2]，它應該是前書的增值，今年四月又有《兒童戲劇的秘密花園》[3]，這是他長期致力於兒童戲劇教育的成果，全書架構分成理論、創作與教育三個層次，發願為臺灣兒童戲劇的理論點燈。

　　如今，又有《兒童文學的新生與新聲》一書行將出版。書名謙卑不亢，似乎亦有所指涉，全書是作者自二〇〇四年五月以來至今，在各種雜誌上所發表的單篇論述（約有十種不同刊物），涉及範圍頗多，其中以參加歷屆亞洲兒童文學大會的論文最多（合計相關者有八篇），又就文類而言則以童詩九篇最多。全書計分兩輯，〈輯一生態、現象、文學史〉是宏觀的論述，可見作者視野的開闊，以及心繫在地與兒童的殷切；〈輯二文本、類型、作者〉則是單一微觀，雖以文本、類型與作者論為題，卻不是作品的導讀，而是別有心得的論述。

　　綜觀全書，不得不認同「新聲」的背後的積累，正如邱傑在〈「石齋夜話」：謝鴻文書鋪人生路〉一文中的第一段的描述：

1　謝鴻文：《凝視臺灣兒童文學的重鎮——桃園縣兒童文學史》（臺北：富春文化公司，2006年12月）序文。

2　謝鴻文：《桃園文學的星空》（桃園：SHOW影劇團，2015年12月）序文。

3　謝鴻文：《兒童戲劇的秘密花園》（臺北：揚智文化公司，2021年4月）序文。

要找謝鴻文嗎？謝鴻文不是在認真讀書，就是在用心講書，或是在努力寫書，否則便是風塵僕僕行走在各種鏈結不同書緣的交通線上……謝鴻文似乎就是這樣一個人。[4]

壯哉斯言也，是以當鴻文問序於我，即慨然應允，也由此更了解鴻文其人，於是乎明白未來兒童文學是可期待，是以我衷心推薦鴻文這本書，當然最好的關注，就是拿取書來閱讀，你才了解作者的用心。

4　見《人間福報》（2019年8月13日）。

老祖先的復古浪漫*

《中國神話開天闢地篇》

（岑澎維，臺北：國語日報社，2019年7月）

---

* 原為岑澎維：《中國神話：開天闢地篇》（臺北：國語日報社，2019年7月）序文。

　　老祖先對於無法解釋的大自然現象，既是害怕又是敬畏，認為大自然就是神祇化身，有著無邊法力，於是在天馬行空的想像編織下，一部又一部的神話故事，在世界各個角落誕生。較具代表性的，西方有希臘、羅馬神話、北歐神話；東方則有中國神話、日本神話等，雖然這些神話故事各自發展與獨立，不變的是，篇篇神話都是老祖先們對於世界的浪漫想像，這些神話就像是一顆顆美麗的星星，在人類的歷史開端，浪漫的亮著。

　　國語日報出版的《中國神話》系列，由兒童文學作家澎維改寫。頗具心思的她，創立兩個童話角色：時間爺爺與小星星，故事由可以操控時間的時間爺爺，攜伴小星星，帶領讀者經歷一趟地球的時空旅行，回到當時的神話世界，感受中國古神話的故事魅力。在這趟旅程中，他們帶著讀者一起經歷地球如何從一團混沌之氣變成現在的樣子，光怎麼出現？為什麼會有天地？或許這些問題，到現在科學如此進步的時代都還是無法找到答案，但是神話都可以告訴你。

　　閱讀神話作品，能滿足孩子天馬行空的想像需求和對於想要認識世界的渴望。林良在《淺語的藝術》中認為「神話精神真正繼承者就是兒童文學」（頁155）。蘇樺也在〈談文學及其價值〉一文中，談論神話對兒童教育的影響：

　　　一、神話對於各種事象離奇解釋，能培養兒童的想像力。而想
　　　　　像力不但是文學創作的根源，還可以成為科學創造的動機。
　　　二、神話的內容，含有驚異的情節，正是兒童文學中最令兒童
　　　　　感興趣的成分，可以誘發兒童的閱讀興趣。
　　　三、可以使兒童從自古相傳的神話中了解古史的輪廓。
　　　四、可以輔導各科的學習。

五、神話可以啟發兒童培養優良德性。[1]

　　林良與蘇樺的論點，都認為孩子閱讀神話，具有正向積極的幫助，這點是肯定的。神話的幾個特點或許與兒童文學真的有些雷同之處。孩子在出生時，對於世界充滿好奇與疑惑，不過因為生理、心理都尚未成熟，無法判別物我關係的不同；另外，他們對於時空概念還無法想像，所以父母親只能以編造故事的方式，解釋天文地理現象，而兒童文學喜歡以擬人化的方式，編寫奇幻虛擬故事，這或許就是神話與兒童文學的共同基因。

　　神話故事是各民族的共同歷史記憶，它承載著各民族的文化基因與集體潛意識，經過幾千年的傳播流傳後，並沒有因為被證明這些神通廣大的神仙，都是老祖先們所捏造而被淘汰，它反而轉化成各民族的文化血液，透過耆老與父母親說的故事，一代接著一代涓涓流著，成為民族的歷史與記憶，還有專屬於他們自己的一種不可取代的民族芬芳和一種復古式浪漫。

1　詳見《國語日報兒童文學周刊》213期（1976年5月16日）。

當孩子面臨父母的外遇時*

《冒牌爸爸》

（陳景聰，臺北：小兵出版社，2020年10月）

---

* 原為陳景聰：《冒牌爸爸》（臺北：小兵出版社，2020年10月）序文。

當一個天真的孩童發現父母可能有外遇時，內心將會遭受何等衝擊？又會做出什麼樣的反應？他會尋求幫助嗎？這時老師和同學該怎麼幫助他？而當家庭面臨變故時，為人父母者又該如何做，才可減輕孩子受到的傷害呢？

以上，是我讀完《冒牌爸爸》這本書之後，腦海中接連浮現的問題。

好的兒童小說通常只是一個很動人的故事，它不會直接告訴我們該怎麼做，而是吸引我們去閱讀，透過閱讀來激發我們的思考、想像與反省，從而不知不覺的獲得啟蒙和成長。不管是從一個家庭面臨變故的孩子的角度來閱讀，或是從他周遭的父母、同儕與老師的角度來閱讀，這本書都非常吸引讀者，為讀者開闢思考、想像的空間。

在臺灣兒童文學作家的作品當中，景聰這本小說算是相當清新獨特的作品。故事的主軸描寫現代教育關注的單親兒童問題，卻以具有科幻色彩的未來世界為背景，間接揭示出一種永恆的人性光輝—不管時代如何演進，科技如何進步，人類的親子之情永遠不會喪失。由於作品的文字風格簡練，對白自然，閱讀起來極為流暢，使得故事更加生動感人。

一般來說，科幻的題材容易使作品的感情流於僵化，不過作者很懂得適度運用想像力，巧妙避開繁瑣的未來科技，只掌握有利於推進情節的科技素材，並且將「媽媽可能有外遇」的懸疑擺放在故事最顯眼的位置，拉長懸宕的氛圍，藉以突顯一個孩子懷疑媽媽有外遇時的焦慮和無助。作者生動的描寫出親子之間的情感衝突、主角內心的掙扎和同儕全力相挺的友誼，又將故事的焦點拉到人性的層面上，更進一步化解了科幻的冷硬，呈現出深刻動人的感情世界。

作者善於透過故事來闡明事理。故事中的主角原本很排斥人類科技製造出來的機器人，卻在不知不覺中，對其實是生化人的冒牌爸爸

傾注了信任與感情。這部分情節暗示著人類的感情雖然是主觀的，但只要摒開先入為主的成見，不只是對別人，即使是對動植物或無生物也可以培養出深厚的情感。這一層道理很接近宋朝詞人辛棄疾寫的「我見青山多嫵媚，料青山見我應如是」。

　　而當主角得知爸爸竟然是生化人，即將自動銷毀時，縱使心中對冒牌爸爸有萬般不捨，也只能接受事實。雖然一切盡在不言中，但作者已然昭示：再高超的科技造人技術，也不可能為人類創造親人。因為親情是與生俱來，永遠無可取代的，所以更要懂得珍惜。也正因為如此，主角的父母才會煞費苦心的做出安排，希望藉此延長他們孩子的快樂童年。

　　這個故事對單親家庭可能遭遇的問題著墨頗深。現代社會單親家庭的比率逐年上升，如何協助單親父母輔導孩子，讓孩子心理健全的成長與學習，已是刻不容緩的重要課題。透過這本書，既可以讓孩子思考該如何面對家庭的變故，進而體諒父母的辛勞與處境，也可以帶動同儕之間的情誼，學習關懷家庭遭逢變故的朋友。這一點，又使此書更兼具深層的閱讀價值。

　　「機器人時代」來臨了！《冒牌爸爸》不僅寫出家庭親情和同儕友誼，更為這個新時代開闢出寬闊的思考、討論的空間，方便親子、師生與同儕之間進行共讀與互動。同時，它也提供了一種治療心靈傷痛的可能性，真是一本值得兒童和少年閱讀的好書。

每個成語都有一個不平凡的故事*

成語小劇場　　　　　《成語小劇場：棒打山老虎》

（岑澎維、洪國隆等著，臺北：國語日報社，2015-2017年）

---

* 　原為岑澎維、洪國隆等著：《成語小劇場》（臺北：國語日報社，2015-2017年）序文。

「成語」是文學長河上的卵石，經歷時間淘洗，形成溫潤又簡潔的詞語。從成語之中，我們看見文學之美。

一般成語的來源，不外乎神話寓言、歷史事件、經典的名言、民間俗語，以及文學作品，這些都是歷史文化的累積，也是大家共同的語言。

因而每個成語都有著一個不平凡的故事，這故事也許千百年了，也許是剛發生不久，但因為這故事的內涵及啟示，最後簡化成一句話，而這句話成了一句成語，成為大家生活溝通上的一部分。只是時間一久，大家習慣使用，但隱身在背後的故事，常被大家遺忘，因而也會有誤用的情況。

重視學生語文能力，欲提升學生表達能力，閱讀成語故事，可以讓學生更容易親近文學。

作文是國語文的整體表現，無論字詞的運用、片語的熟悉、文法的理解、句型的認識、段落的安排，以及篇章的組織等，都要平時的學習及練習，了解成語產生的緣由，才不會誤用。

老師及家長都是學生的學習鷹架搭建者，由小學低年級的字詞基本學習，搭建到中高年級，成語的運用便成了一項不可忽視的環節。每個成語都由簡單的幾個字構成，簡單的幾個字便能適切的表達心中的意思，這就是成語的功用。學習到的成語越多，語意的表達也就越順暢。

澎維和國隆從坊間的各版教科書中，按年級，各挑出五十則常使用及慣用的成語，說明意思，簡明敘述成語的來由故事，再示範造句，最後童話接龍的方式，趣味呈現成語的便利與用法。

這套《成語小劇場》，使用淺顯易懂的文字，在學童的語文學習、表達上，都是不可多得的語文學習工具書。這套書的編排也是由簡易到深刻，按年級而上，網羅成語中，小學階段該認識學習的，是一套值得推薦的學習工具書。

永遠的孩子，不朽的童心[*]

《彼得潘：百年經典圖文全譯版》

（詹姆斯・馬修・貝瑞著、葛窈君譯，臺北：國語日報社，2015年4月）

---

[*]　原為詹姆斯・馬修・貝瑞著、葛窈君譯：《彼得潘：百年經典圖文全譯版》（臺北：國語日報社，2015年4月）序文。

　　有個特別的孩子，儘管百年的光陰過去，他竟然一點都沒長大，仍舊在全世界的各個角落找尋玩伴，帶著他們到處冒險玩樂。他的名字叫做——彼得潘，臺灣讀者暱稱他為「小飛俠」。

　　《彼得潘》這部小說出自蘇格蘭作家詹姆斯・馬修・貝瑞（James Matthew Barrie, 1860-1937）之手。一八八二年，貝瑞自愛丁堡大學畢業後，從事新聞工作兩年。一八八五年移居倫敦，擔任自由撰稿的新聞記者，並開始創作。貝瑞雖然終生未婚，卻熱愛孩子，而《彼得潘》則是他送給所有孩子最好的禮物。

　　貝瑞八歲時，哥哥意外死亡，他發現對於母親而言，不管時間經過多久，死去的哥哥永遠是個長不大的孩子。這樣的想法在貝瑞的心中播下種子，最後在《彼得潘》這部作品萌芽。

　　一八九七年，貝瑞結識了戴維斯夫婦，和他們的孩子感情深厚。貝瑞擁有一座位於鄉間的黑湖山莊，山莊裡有個大池塘，周圍都是森林。貝瑞邀請戴維斯家的兩個孩子到山莊裡度過三個夏天，同時記錄了他和孩子們一起遊玩冒險的趣事。一九〇二年，貝瑞結合了哥哥過世對母親的衝擊以及和戴維斯家男孩相處的經驗，寫出了《小白鳥》（The Little White Bird），可說是《彼得潘》的構思雛形。

　　一九〇四年十二月，《彼得潘——永遠長不大的孩子》在約克公爵劇場首演，大獲好評。一九〇六年，貝瑞在劇本中添加了更多情節，發表了《肯辛頓花園的彼得潘》。一九一一年，小說《彼得與溫蒂》出版，這時《彼得潘》的故事已然定型。一九二九年，貝瑞六十九歲，宣布之後所有《彼得潘》的版稅及演出酬勞全部捐贈倫敦大奧蒙德街兒童醫院，救助有需要的兒童。一九三七年，貝瑞闔眼離世，享年七十七歲。

　　二〇〇四年，《彼得潘》問世一百週年，由《彼得潘》版權擁有者——大奧蒙德街兒童醫院舉辦慶祝活動，最後評選出英國知名童書

作家潔若汀・麥考琳（Geraldine McCaughrean）為《彼得潘》撰寫續集，即《紅衣彼得潘》（Peter Pan in Scarlet），全球三十多個語言版本於二○○六年同步出版，對國際童書出版界而言，是極其重要的盛事。

　　《彼得潘》是成功的經典兒童小說，既傳達了孩童對於魔法、仙子和冒險故事的熱愛，同時兼具溫暖動人的情節、活潑逗趣的角色和膾炙人口的經典橋段，使得《彼得潘》不受歲月的侵蝕，仍舊受到廣大粉絲的喜愛。這或許也跟《彼得潘》原先是以戲劇呈現很有關係——形象鮮明的角色、扣人心弦的情節，加上逗趣的對話，都是一部成功戲劇必備的要素。其中有個情節是，小仙子叮噹快要死了，但若得到掌聲就能復活，這也是當初為了戲劇效果所設計和觀眾互動的橋段，在小說版本中也是一大亮點。

　　除了長不大的彼得潘之外，吞了時鐘而滴答響的鱷魚；被彼得潘砍斷手臂，一隻手裝著鐵爪的虎克船長；受邀到夢幻島、成為迷失男孩的媽媽、為他們說故事的溫蒂；以及小巧可愛的小仙子叮噹，都是《彼得潘》令人印象深刻的角色。

　　《彼得潘》儼然成為近代兒童文學的經典作品，多次改編為音樂劇、電影以及動畫，各種改編版本和插畫更是不勝枚舉。甚至，還衍生出心理學議題——彼得潘是個不想長大的男孩，厭惡成人世界的嚴肅和複雜，想永遠躲在夢幻島上，過著無憂無慮的日子；美國心理學家丹凱里在一九八三年提出「彼得潘症候群」一詞，意指那些生理年齡已經成熟，但是思考和言行仍像孩童的人。由此可見《彼得潘》的魅力和影響力。

　　在倫敦肯辛頓花園裡，彼得潘的銅像屹立不搖，似乎在說：我會一直陪伴著你們心中那個永遠長不大的孩子。

歡樂的國小*

《找不到國小》

（岑澎維，臺北：天下雜誌，2008年1月）

---

* 原為岑澎維：《找不到國小》（臺北：天下雜誌，2008年1月）序文。

　　《找不到國小》延續澎湃的上一本故事集《小書蟲生活週記》的筆調，是一本輕鬆愉快、讓人想一口氣讀完的好作品。這本書以國小為背景，除了是教學現場，是她最熟悉的一個區塊，她也企圖呈現，國小學生原本就該在快樂、創思的環境中度過。

　　說來可惜，現在的國小，無論課程結構或大多數家長期待，都還是以課業為主，以將來升學預立基礎作打算，所以課外補習有之、提早學習有之，大抵還是離不開分數，離不開填鴨，以學習的原理看待，殊為可惜、可嘆。

　　所以讀到澎湃的《找不到國小》時，內心不免有所感觸，就讀這麼一所國小，不就是一生中最精采的時光嗎？

　　在《找不到國小》書中十五個篇章裡，讀來輕鬆愉快、一氣呵成，探究原因不外「新奇」、「懷舊」、「反差」及「幽默」。以下分別述之：

　　新奇：上學搭老周叔叔的木桶飛船、有如遊樂場的摩天圖書館、座落懸崖的福利社，和暑假這扇充滿期待與歡樂的門等等，再再令人神往，每個小朋友一定也巴望著自己的學校擁有這些設施。「新奇」，令人眼睛為之一亮。

　　懷舊：仔細又認真的慢慢來老師、在花圃邊除草澆水的校長、負責盡職的桌椅修理人——古董爺爺。還有愛物遺失時，等候主人現身的守候小屋等等，這些好像已是幾世代以前的故事，在《找不到國小》突然出現，除了帶給現代的小朋友不一樣的樣貌外，也讓人興起懷舊之感。

　　反差：上課十分鐘，下課四十分鐘，這是多麼不可思議呀。只要有狗出現在校園，學校的反應大概都是——趕走，或快請環保單位來抓走，這樣的下場與《找不到國小》裡天真無憂的校犬來祿，形成反差。投籃機的春天講的是山下老舊的投籃機，在山上萌芽、找到春天。

　　幽默：無論是常被球打中頭的校長、能看出你寫字時心情好不好的慢慢來老師、其實是自己不會算錢、找錢的福利社阿姨，還是迷你馬拉松比賽中迷路的抵達卡老師，《找不到學校》中出場人物個個有趣、奇特，再再顯示澎湃的幽默手法的功力，不矯飾、不落俗套。

　　在《找不到國小》中也可看出澎湃寫作技巧的成熟：文字精準巧妙、節奏明快、比喻生動。

　　文字精準、巧妙：無論人、物或事件的描述，都能恰如其分，無過與不及。如何找到「找不到國小」、有些無奈又不得不早起的老周叔叔、躲在濃霧中的神祕校長，甚至有些「吊書袋」的暑假注意事項等敘述，都能尋得其精確的文字，與彷彿真實存在般的鋪陳。

　　節奏明快：在《找不到國小》中，段落分明，短者幾字，長者數句，鮮少超過數行的，這在讀者的閱讀上十分討喜，原本《找不到國小》就是題材令人歡喜的作品，用短句的手法，靈活不拘泥，把明快的氣氛表現無遺。

　　比喻生動：十五篇作品中，任何一篇都可找到讓人驚奇且傳神的形容——「往往一個疏失，小路就跟蟒蛇見到人一樣，竄逃開來，不見蹤跡」、「霧太濃，濃到連鐘聲都好像打在濃霧上」、「凡事盡量提早做，別讓『著急』兩個字，有機可乘」、「慢慢來老師還是慢慢的著急」、「他究竟是姓古，還是姓董，漸漸的，沒有人再問這個問題了，因為你一看到他，就好像看到古董一樣」、「太陽斜斜的照著不斷搔頭的古老松樹，它也不知道抵達卡老師在哪裡」等，不勝枚舉。

　　真高興見到澎湃推出新作，她精采的文筆，一定能創造出更多更有趣的作品。

　　《找不到國小》和其他校園文章的最大不同是：自然流暢，不為討好小朋友而作逾越的表現，把校園裡的人物或事物扭曲、變形，如馬戲團小丑一樣造作的「笑」果。而是想像力豐富、創意無限的成熟作品，雖篇幅不多，但其中的趣味著實不少，允為佳作，值得推薦。

流觀山海經看崑崙山[*]

《崑崙傳說：神獸樂園》　　　　　　　《崑崙傳說：妖獸奇案》

（黃秋芳，新北：宇畝文化創意　　　　（黃秋芳，新北：宇畝文化創意

公司，2020 年 7 月）　　　　　　　公司，2020年9月）

*　原為黃秋芳：《崑崙傳說：神獸樂園》（新北：宇畝文化創意公司，2020年7月）、
　　《崑崙傳說：妖獸奇案》（新北：宇畝文化創意公司，2020年9月）序文。

　　《山海經》猶如天外奇書，全書三萬多字，字裡行間皆令讀者嘖嘖稱奇。

　　這部古籍如何形成？其實至今學界仍覺得一團謎，從原始資料如何採集？又是誰編輯成書、乃至後來流通的方式？雖然畢沅說：「作於禹益，述於周秦，行於漢，明於晉。」但在歷史文獻上仍有相當分歧的說法。唯一大家承認的，就是《山海經》曾經配合了《山海圖》，就是採用條列式文字，所配合的就是那些奇形怪狀的圖樣。陶淵明曾作《讀山海經》十三首，之一末四句「泛覽周王傳，流觀山海圖。俯仰終宇宙，不樂復何如？」說明了原本《山海經》富有圖卷。而目前通行的《山海經》，都是以圖鑑的形式呈現。

　　山海經的內容稀奇怪誕，不只是講述地理山川，更記述奇山險地存在何種奇禽魔獸，涉及巫術、宗教、歷史、民俗、風土、礦藏等多面向。它更是神話之淵源，也成為當代幻想文學中靈感寶泉。

　　秋芳新作《崑崙山三部曲：壹、神獸樂園》問序於我，令我驚喜交加。驚的是她總算又執筆寫作，喜的是竟是《山海經》的故事。多少人曾以《山海經》為依據書寫奇幻故事，就兒童文學而言，皆流於單篇，缺乏恢宏的長篇。今秋芳三部曲，正是我企踵以待。

　　今就首部曲角色介紹者見其《山海經》出處如下：

　　陸吾，〈西山經〉：西南四百里，曰昆侖之丘，是實惟帝之下都，神陸吾司之。其神狀虎身而九尾，人面而虎爪；是神也，司天之九部及帝之囿時。[1]

　　開明，〈海內西經〉：海內崑崙之墟，在西北，帝之下都。崑崙之墟，方八百里，高萬仞。上有木禾，長五尋，大五圍。面有九井，以玉為檻。面有九門，門有開明獸守之，百神之所在。在八隅之巖，赤

1　見漢京影印版，卷二，頁71-72。

水之際，非仁羿莫能上岡之巖。[2]

英招，〈西山經〉：槐江之山，實惟帝之平圃，神英招司之，其狀馬身而人面，虎文而鳥翼，徇於四海，其音如榴。」[3]

欽原，〈西山經〉：崑崙之丘，……有鳥焉，其狀如蜂，大如鴛鴦，名曰欽原，蠚鳥獸則死，蠚木則枯。[4]

至於白澤，不見《山海經》。完整的故事見於宋代《云笈七籤》卷一百引《軒轅本紀》：

帝巡狩，東至海，登桓山，於海濱得白澤神獸，能言，達於萬物之情，因問天下神鬼之事，自古精氣為物、遊魂為變者凡萬物一千五百二十種，白澤能言之，帝令以圖寫之，以示天下。（見維基百科）

崑崙山者是神話傳說中天帝在人間的都城，也是諸神聚集的地方，還有各類奇異動、植物。其位置是在於海內西北方向，沒有一定修為的閒雜人等不可能踏上崑崙山，崑崙山方八百里，每一面都有九井和九門，每一道門，都有神獸把首。

作者以上述角色人物的隻言片語，再以崑崙山為場景，企圖揮灑成《崑崙山三部曲》。且看首部曲《崑崙山神獸樂園》。

秋芳的浪漫，在首部曲裡一覽無遺，星星樹和舞，增添風格。文中的文字處理也非常好，語調輕鬆活潑，用詞遣字華麗繽紛卻平易近人，肯定能讓小讀者在非常舒服的閱讀狀態下，享受秋芳所創造出的綺麗幻境。陸吾是整部小說的主角，從他出生到崑崙山和遇到的朋友，所創造出的友誼與事件，都是一場場邂逅，如何在這些事件中成長，或者他又要遇到什麼樣稀奇古怪的朋友，也會是這部小說的一大看點。

2　卷十一，頁349-351。

3　同上，卷二，頁68-69。

4　同上，頁72-73。

　　如果你意猶未盡，那就等下回分解，又如果你不服氣，又不甘心，或是迫不及待，那就拿取《山海經》文本，或搭配圖鑑，自己走進入崑崙山的傳奇，放縱自己，任由山海經的奇禽異獸奔馳於想像的幻境，進而編織屬於你的崑崙傳奇或山海經的神話世界，而後故事流轉，想像不歇。

參考文獻

觀山海（山海經手繪圖鑑）　杉澤繪　梁超撰　長沙市　湖南文藝出版社　二〇一八年六月

山海經圖鑑　李豐楙審定　臺北市　國家圖書館　大塊文化出版公司合作出版　二〇一七年九月

古本山海經圖說（上、下卷，增訂珍藏本）　馬昌儀著　桂林市　廣西師範大學出版社　二〇〇七年一月

山海經疏　郭璞傳　郝懿行疏　臺北縣　漢京文化事業公司　一九八三年一月

且將缺憾還諸天地*

《崑崙傳說：靈獸轉生》

（黃秋芳，新北：宇畝文化創意公司，2020年12月）

---

* 原為《崑崙傳說：靈獸轉生》（新北：宇畝文化創意公司，2020年12月）序文。

　　作者以《山海經》描述角色的隻言片語，再以崑崙山為場景，企圖揮灑成《崑崙傳說》三部曲，如今三部曲已完成。

　　話說天地初成時，遠古神靈，總想著「多做一點點」，總希望找出問題，儘量彌補。可惜，總因為一些難以察覺的小偏差，引出驚天動地的大災難，愈插手就愈複雜。到後來，大家立了血誓，不再干預天人更迭，最後伏羲、神龍、女媧……有的遠遁太虛而去，於是有了崑崙山。

　　崑崙山是天地在人間的都城，也是諸神，以及各種奇異生靈聚集的地方，它是神靈界連接人間的神秘轉口，有四個大門、五個通道，滿足神、仙、精靈的各種需要，同時也存在各種危機和挑戰。幸好，天帝委託了陸吾來管理，守護崑崙山周圍三千里。除外，陸吾亦掌管六界九大神域。陸吾堅守著警衛守則：負責、低調、守護於無形，決意奉獻一切，讓神界諸靈安心定居。

　　然而，遠古洪荒，有太多的執著與戰爭。勝利和失敗，也藏著太多的不服氣和不甘願，對人間仍帶有太多遺憾和牽掛。

　　也因此，主角開明歷經三次重生，尤其在白澤誘導他打開「洞察萬物」的能力，觀看了盤古、燭龍、女媧、共工、祝融、應龍、女魃的過程，也知道陸吾、英招曾參與戰爭，在「九敗不勝」與「威令必勝」之間權衡，皆是出之於「愛」的理由。於是有了《神獸樂園》的首部曲，開明認為每一種生靈都有權利選擇自己的生活方式，只要大小生靈深以自己是崑崙山的一員為榮，崑崙山就會成了真正的「神獸樂園」。

　　而後開明，關注及四境。夸父、蚩尤、刑天、燭龍，都有悲抑難申的過往，他們有堅強而不服輸的性格，也都觸動開明的心弦。世上確實有些無可奈何卻又相互抵觸的事情，於是乎有了二部曲《妖獸奇案》，在文本中開明還來不及長大，白澤就讓他打起照顧一對比他聰

明、又更會闖禍的雙胞胎，還要解開燭龍之子「妖獸窫窳」、「不死藥」和「開明六巫」的謎題。

至於三部曲《靈獸轉生》，可說結構或劇情急速轉向，且又似乎合乎在數位時代的圖書中的三個特點：關聯性、互文性與廣泛性；而每個特點又涵蓋三個變化：視角的變化、界限的變化與形式的變化。[1] 申言之，三部曲可獨立，但亦互有關聯性，且互文在其中，又指涉頗為廣泛。以下略說明之。

《靈獸轉生》主角開明已然是陸吾的化身，是崑崙山的小總管，開明開始學會什麼都不做。就像陸吾，大部分的時間都是讓大家自己做、自己想。因此在三部曲裡他已不參與，只要學會理解。而真正登場的則是白澤、羊過與吉羊、如意，白澤在《崑崙傳說》中，是智者、聖人、萬事通、人生導師，在崑崙山很少人見過他，他是崑崙山上的傳奇，是普羅普角色中的援助者，也是《內在英雄》中的魔法師。

基本上這種角色是不會走上檯面，如今卻成為重要角色，且貫穿三部曲。我們知道白澤不是《山海經》中的角色。宋代《云笈七籤》卷一百《軒轅本紀》：

> 帝巡狩，東至海，登桓山，於海濱得白澤神獸，能言，達於萬物之情，因何天下神鬼之事，自古精氣為物、遊魂為變者凡萬物一千五百二十種，白澤能言之，帝令以圖寫之，以示天下。

即是所謂的白澤獻圖，搶救了千萬生靈。

其實，白澤也是天地大戰後的遺孤。當時父母親在激烈戰局中，

---

1 詳見麗貝卡‧J‧盧肯斯、傑奎琳‧J‧史密斯、辛西婭‧米勒‧考甫爾著，李娜譯：《兒童文學經典手冊》（北京：商務印書館，2019年3月），頁60-67。

以肉身環護著無防身能力的他，讓他保住一念清明，而陸吾過好經過，以「三陽開泰」助他起死回生。

白澤在崑崙山南長大，日夜苦讀，袖底總攏了個精巧的小火爐，幾千年來，不知道救了多少人，他還是惆悵感慨，生死磨難，怎樣救也救不完，但求盡己而已。但求盡己，是他向陸吾致謝的方法。其實，這正是白澤心裡的缺口，他一直想得到一個機會，想辦法圓滿這個缺口。

他感受到羊過還留下一顆溫暖的心，於是白澤願意為了羊過打破成規，觸犯天條，希望他可以離開崑崙山，到一個誰都不知道的相柳，誰也不會用偏見來評價的新天地，尤其在水晶鏡裡看到火鼠的「三陽開泰」，他就知道機會來了。

一生從不求人的白澤，為了羊過的轉生，竟向兩位仙子作揖：「有事相求」。並自願幽囚在北海極冰處，受日裂夜凍之苦。

至於轉生的過程，浪漫、奇幻冒險兼而有之。

羊過轉生完成任務的一段話可做為見證：

> 人們尊敬白澤是孤兒莊園的大家長，他卻在幻境裡看見事實，原來啊！白澤一直用溫柔的母心在包容他，會不會白澤和他一樣，也是個來不及長大的孩子？沒人看過真正的白澤，會不會「他」其實是個女孩呢？他笑起來，是又如何？無論是男是女，白澤是他一生中最珍惜的相遇。

白澤視角的轉向，以及缺憾的呈現，正是直指初心，更見其深度與廣度，在文本中神鳥離朱說：

> 我們走過開天闢地的荒洪榛莽，一起在戰爭與災難的生死邊界

掙扎，只能在黑暗中學習、摸索。[2]

其實，遠古的洪流災，萬物生靈皆未能倖免、且是非對錯亦難於分辨。諸多的無奈與缺口是需要疏通。而作者企圖建構屬於自己的理想家園，以作為招魂安息之所。一者抒發自己的理想；再則打造理想桃花源。持此，作者除具備書寫的基本能力外，亦必須要有淵博的知識，以及豐富的想像力。當然，更必須有傻裡傻氣的天真，以及浪漫的理想主義者，否則不容易相信「烏托邦」或「桃花源」的境界。

個人閱讀再三，亦無端引發諸多缺憾的聯想。祈禱天地初成以來的萬物生靈，且將諸多缺憾還諸天地。

讀者若想了解作者的用心，以及探究文本的精妙與微言處，或許閱讀是不二法門。

2　見《妖獸奇案》，頁158。

生活，就是好好活著*

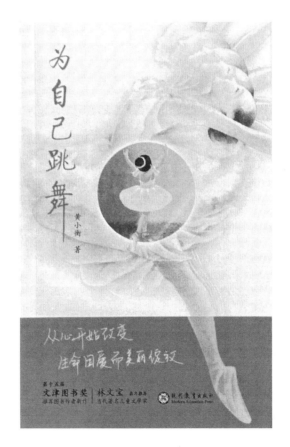

《為自己跳舞》

（黃小衡，北京：現代教育出版公司，2020年11月）

---

* 原為黃小衡：《為自己跳舞》（北京：現代教育出版公司，2020年11月）序文。

生活，很簡單，只需跟著時間走就好；生活也難他總是忍不住重重捶打人，然後冷眼看你是否有本事從低谷爬起來，自我蛻變，完成人生的逆襲，活成生活的主人。

我總是相信，出生就擁有一手爛牌的人，過得精彩才更有意思。例如小女孩婭婭。

這本小說就是在主角婭婭遭受到嚴峻的生活氛圍下展開。婭婭的父母離異並各自組成家庭，父母雙方都不希望這個小拖油瓶來打擾現在的新家庭，於是婭婭只能與爺爺住在破屋相依為命，偏偏爺爺又中了新冠肺炎……

生活的不順遂宛如保齡球瓶般，一個接一個倒，讓婭婭應接不暇。從小體會孤立無援的婭婭，對人充滿不信任，不相信會有人來幫助她。沒有人！婭婭非常確定這一點。因而婭婭養成自暴自棄的消極生活態度，認為一切的美好都不屬於自己。婭婭的命運似乎是冷血的鋼印，一旦被寫下就無法改變。這也是人們喜歡閱讀小說的原因，除了期盼在故事當中找到共鳴，找到宣洩的管道，發現自己並不孤單之外，也試圖在小說當中，找到關於生活的解藥與希望，讓自己在生活中，繼續往前走！

從小失去父母護佑的婭婭，習慣不斷從食物中獲取溫暖和滿足的婭婭，如何將身體的脂肪，心理的垃圾轉化成自我成長的養料？

讓我驚訝的一點是，作者並沒有像其他作家一樣，在告訴我們生活險惡之後，最後要我們自己加油！便拍拍屁股走人。

素昧平生的韓雪潔在那個夜裡出現了，因為一念之善，她憐愛著婭婭，她化身為心靈導師、教育家和母職的角色，教會小婭婭許多事情，包括拖延的壞處、肥胖的心理原因、自我價值的追尋、學習的方法、樂觀的重要、自律性的珍貴、如何設定目標等等。

之前對於婭婭的狠心都只是煙霧彈，作者是想通過生活的冷酷來

告訴我們自救的重要，還有善良的可貴。通過婭婭的失望但不放棄，韓雪潔的發自真心的善，來給小讀者希望和勇氣，尤其是那些身處低谷的小讀者，希望透過這本書能讓他們破繭而出，找到屬於自己的道路，我想這也是她寫這本書的初衷吧！

我懷疑作者其實就是韓雪潔的化身，她親自來小說裡頭試圖解救及教育小主角，給她重生的力量；來告訴我們，無論生活多麼艱難，總有美麗的花為你而開，總有一束光為你而來。你首先要相信美好，不放棄希望，自救才能獲救。

除此之外，整部小說洋溢著女性氣息，例如這部小說充滿香味：菜香、花香，還有書香。小說當中充滿五花八門的菜餚與味道：熱乾麵、黃瓜木耳炒雞蛋、素燒白蘿蔔、香菇小油菜、桂圓紅棗燉雞蛋、土豆燉牛腩、花式奶茶等，讓人垂涎；還出現各式各樣的花草與香味，宛如一部植物百科；不過最重要的是作者主要傳達的香味──書香。雖然在書中菜香味的比例遠遠大於書香，呼應婭婭總是不能克制美食的誘惑，主要原因是心靈的匱乏，不過唯有書香味才能填補，而不是永無止境的食物的填補，這也是作者極力想傳達的意象。

此小說可以說是對二○二○新冠肺炎的一個真實記錄，雖然婭婭她們活在武漢艱難的疫情中，小說反而充滿希望與色彩。利用婭婭孩子的觀點教會我們，縱使生活許多層面無法控制，但是我們可以決定自己的生活要怎麼精彩，無關環境與他人。

這是一本很適合孩子在迷茫時低落時閱讀的勵志書，看著韓雪潔如何帶領婭婭扭轉人生，並且教導她如何生活，孩子們會在裡面獲得滿滿的力量與答案。因為每個孩子都經歷了這場席捲全球的新冠病毒帶來的威脅與恐慌，生活或多或少受到影響。面對命運的考驗，生活的改道，唯有挫折才有成長，這是成長的不二法門。

成長就是，不要忘記，當天很黑很黑的時候，代表著老天絕對會

在天亮的時候，送你一個大禮物；不過你非得要撐下去，你才能得到；在這之前，妳必須想盡辦法讓自己活著開心，撐到那一天。

　　生活就是翻越一座座山，不要害怕夜黑風高，如果要翻越高山，那山便越高越好。

我們的歷史和記憶*

《長髮妹的秘密》

（劉旭爽，南寧：接力出版社，2021年2月）

《神奇的壯錦》

（劉旭爽，南寧：接力出版社，2021年2月）

《最後的百鳥羽衣》

（盧璐，南寧：接力出版社，2021年2月）

---

* 原為《中國民間想像力圖書書系列》（南寧：接力出版社，2020年11月）序文。

一　前言

　　民間故事是民間文學（或稱俗文學、口傳文學）中一個範圍廣泛的類別。

　　由於一般看法認為它與兒童故事的旨趣具有某種同質性，也因此童話與民間故事具有深厚的淵源，所以常被吸納為兒童讀物的一種類別。因此學者認為口傳文學是兒童文學的源頭之一。

　　民間故事是以口耳代代相傳的，而非書寫方式相傳的故事。

　　以下擬從略述中國民間故事的出現說起，而後從麥克魯漢的媒體史觀：口語傳播、文字印刷與電子媒介三個不同發展階段來看民間故事的重述。最後再從變與不變的觀點來看民間故事的重述原則。

二　中國民間故事的發現

　　中國自古以來語、文不一，是以雅、俗分流並存，但事實上是以士人的雅文化為主流。直至「五四」新文化運動（廣義的五四，是指一九一〇年到一九二〇年）浪潮的衝擊下，過去不登大雅之堂的庶民文化，終於受到學者的熱情關注，成為中國現代民俗學的開端。

　　首先，北京大學於一九一八年成立歌謠徵集處，向全國徵集歌謠，一九二〇年成立歌謠研究會，成為中國民間文學研究的里程碑，標示著現代民間文學、民俗學學科的成立。一九二二年發行《歌謠》周刊[1]；一九二七年冬，許多歌謠研究會成員在廣州中山大學創辦《民間文藝》周刊，次年更名為《民俗》周刊，在六年期間刊行一百二十三期；又有一九三二年婁子匡、顧頡剛、周作人、江紹原、鍾敬

1　1922年12月17日創刊，1937年6月26日停刊，前後發行一百五十期。

文等人於杭州創立中國民俗學會，並發行《民間》月刊[2]、《孟姜女》月刊。[3]北大的《歌謠》、中山的《民俗》與杭州的中國民俗學會的刊物，是三個發展的園地，也是三個有組織的研究機構。這是自覺性的民俗學運動，其勢力遍及全國，頗極一時之盛。

所謂民俗學，即是針對庶民信仰、風俗、口傳文學、傳統文化及思考模式進行研究，來闡明這些民俗現象在時空流變意義的學科，而其中的口傳文學，或稱之為民間文學、俗文學。

又民間文學包括散文故事類、韻文歌謠類、諺語與謎語四類。其中散文故事類有分神話、傳說、民間故事與笑話四類。其實散文故事類亦即是廣義的民間故事，一般稱之為民間故事者，實際上即是指散文故事類。

三　口傳故事時期

在文學書寫與印刷發展之前，民間故事是從口耳相傳，而非書寫方式流傳。

想像在遙遠的口傳時代或文字使用不便的庶民。他們過著日出而作，日入而息的生活。故事是他們日常生活中休閒與娛樂的方式之一。這些故事是從統稱的人物、廣泛的背景、虛擬的內容表達庶民的情感與願望。它是庶民日常生活中的休閒與娛樂，也是孩子們的良師益友。

這種口傳民間故事的內容，具有廣泛概括性與象徵性，其主要特徵有：口傳性、變異性、集體性、傳承性與民族性。

2　1932年5月創刊，共十一期。
3　1937年創刊，計一卷三期。

這些故事有庶民的共同歷史與記憶，也是族群的文化基因。

民間故事由於口耳相傳，在流傳過程中難免會因各種因素的影響而有所變異。或說變異是源自遺忘、省略或再創造。遺忘是無意的；省略、再創造則是有意的，兩者之間有相互影響的關係。是以在後人的採錄裡會有各種不同的版本出現。

四　文字書寫時期

在文字書寫時期，民間故事能夠在世界各地受到重視，最大的功臣當推貝洛（Charles Perrault, 1628-1703）和格林兄弟（哥哥雅各1785-1863，弟弟威廉1786-1857）。

貝洛採集有《鵝媽媽的故事》，格林兄弟在一八一二至一八一四年發表德國民間故事採集紀錄《兒童和家庭故事集》，從此開啟了民間故事科學性採集的新紀元。世界各地紛紛興起採集當地民間故事的熱潮，於是民間故事的採集與研究逐漸形成了專業。

五　電子媒介時期

在電子媒介時期，是一個以訊息傳播為主的高科技時代，全球化似乎成為必然的趨勢。在全球化的語境之下，越來越指向大眾傳播和所有日常生活中具有審美和文化的現象，於是文化身份、種族問題、流散現象、非精英化與去精英化成為流行的議題，這是所謂的「文化轉向」，且以圖像為主，文化基本上是指一種生活方式。

在電子媒介時期，民間故事似乎亦是被解構與重構的對象之一。

從口傳到文字書寫，再到電子媒介，麥克魯漢認為三個階段的人類認知思維模式是大不相同，社會形態和心理邏輯也很不相像，不能

以連續發展視之。在電子媒介時期，人們相信的是「旅行的概念」（或稱移動）追求的是持續的、可譯性的以及潛在的市場。

六　民間故事的重述

　　全球化帶來跨國交流，意味著自由、離散的合理化、時空的壓縮、旅行的理論化。但全球化只是去中心與疆域，而認同和文化歸屬必須仰賴情感和傳統的共鳴。不同國家有不同的歷史和文化價值，因此面對全球化的趨勢便興起「在地化」論者。各國弱勢群體紛紛注意到自主權的保障。據此，形成了「全球思考，在地行動」的新趨勢，於是有了「全球在地化」的概念，「全球在地化」或可消解全球化和在地化的對立，它指出「在地」代表了特殊性，「全球」意指普遍性，然而兩者並非兩個極端的文化概念。他們反而可以相互滲透。換言之，人們的生活世界是由當地事物構成的，所以全球性的責任也必須透過在地行動來實踐。

　　「全球在地化」是自省，也是趨勢，面對民間故事，我們不可忽視的是文化的傳承。每當人類往前邁出一大步，就會回頭重新審視這些舊有的口傳故事，讓它對新時代說話，使人們能了解自己曾經共同擁有的歷史與記憶。

　　目前有關民間故事圖畫書的重述，其出版方式，或把上個世紀曾經出版過的民間故事圖畫書，重新略加改編出版；或是以原始文本繪製，或直接加以衍生以及改寫。這些方式編制的民間故事圖畫書，雖然或許也有某些意義，但終究缺乏新意與時代性，實際上已失口傳民間故事的特徵性。接力出版社推出「中國民間想像力圖畫書」系列。即力求突破這種傳統的民間故事講述方式，用現代的價值和多元的藝術手法重述傳統的故事，注重發掘民間故事與當今兒童生活的連結

點，讓民間故事融合當地的地理與民俗，讓孩子能真正從生活中感受到民間故事的力量，用精品原創圖畫書向兒童傳遞文化，推動民族民間文化的傳承保護，讓孩子們瞭解多元民族文化。

七　民間故事的「變」與「不變」

　　流傳千百年的民間故事，它必然具有某些特殊的吸引力。一言以蔽之，我們了解從古到今，不變的是人性，雖然古代社會和現代差別大得難以想像，但集體性的口傳民間故事仍是可直達我們的內心深處的渴望與恐懼。我認為重述民間故事，除不離民間故事原有特徵性外，更必須賦以時代性，否則失去重訴的意義，但最重要在於它「變」與「不變」的特質。

　　所謂「變」，民間故事由於口耳相傳，在流傳過程中，難免因各種因素的影響而有所變異、遺忘或省略。但絕不是永遠在變動之中而無所捉摸，如果永遠變異而無所定準的東西，我們又如何對它有固定的認識？

　　變異的另一端即是「不變」。民間故事之所以能夠成為傳統，應該由於其穩定不變的一面；否則，若只有「變」而無「不變」，則故事便無傳統可循，或說故事在流傳中自然就融合出一個普遍為庶民接受的模式。

　　民間故事重述者，以採集的民間故事中，將其變項、強化、弱化、畸形或反轉等手法，並保存其不變的常項，似乎是重述者另一種創作的思維。

　　至於改寫給兒童看的民間故事，除考慮「變」與「不變」的民間故事，更該關注其可讀性與時代性。

八　結語

　　「中國民間想像力圖畫書」系列的工作團隊，從諸多的民間故事選取了五個故事文本：《最後的百鳥羽衣》、《長髮妹的祕密》、《神奇的壯錦》、《一起過三月三》、《趕山鞭的故事》。

　　團隊為求詳盡、完美，除實際採風外，並邀請民俗學專家、自然保護區專家等為顧問，對原有故事進行了大膽的改編（所謂想像力是也），注重發掘中國傳統故事所傳承的文化要素和精神，與當今時代、當今兒童生活的連結點，讓孩子感受故事的力量。

　　在兒童的閱讀過程中，使其讓孩子擁有我們共同的歷史與記憶，因為那是我們族群共同的文化基因。

　　當然我更期待後續會有更多新作。

這是一本水融融的圖畫書*

　　民間故事總有一股難以言喻的芬芳，故事簡單卻意趣盎然，讓人百聽不厭，得以流傳。《長髮妹的秘密》改編侗族民間故事《長髮妹》，創作者重新詮釋故事，將故事定調為秘密與承諾的主題。村莊缺水嚴重，長髮妹意外得知山怪守護著清冽的山泉水，這足以拯救正水深火熱的村民，不過山怪要她保守秘密，因為山怪也利用這些泉水守護這座山的無數萬物。長髮妹陷入兩難，眼睜睜看著村民都快被渴死，還要違反承諾保守秘密嗎？

　　創作者非常熟絡圖畫書的創作，利用「秘密」的針線重新縫補詮釋這個傳統的民間故事，個人覺得是一個非常成功的改編版本。秘密與承諾的主題也貼合孩子的生活，對於現代孩子一定很有感觸。再則，不得不提精彩絕倫的插畫，更讓此繪本增色發光。繪者的畫技高超，有意圖刻意以藍色作為整本圖畫書的脈絡，不過若是通篇使用藍色不免會讓觀看者厭倦，所以他輔以線條做為變化，以線條的個性和色彩的濃淡深淺，成功表現水的千變萬化，甚至能感受到涼絲絲的水意。山怪也大膽的以急促的藍色短線條表現，對比長髮妹的柔軟似水的長髮，真是精彩絕倫的設計；他們都是泉水的守護者，所以插畫家都用藍色表現，不過個性的不同也使得他們的藍色有所區別；為了不使畫面無趣，最後還使用大紅色與藍色撞色，造成視覺上的衝擊，漸

---

* 　原為劉旭爽：《長髮妹的秘密》（南寧：接力出版社，2021年2月）序文。

而暗示故事的緊張與張力。

不僅於此，在畫面構圖安排更是頗具巧思，常以山怪的「大」突顯長髮妹的「小」，山怪的「硬」對比長髮的「柔」，讓畫面平衡兼具趣味性；其中也有常見的漫畫語言，例如使用線條表現出速度、聲音，還有情緒；也在其中一頁使用漫畫分格展現時間的流動。在繪者的筆下，水是活靈活現的，有韻律的，有時更像是一陣風，流暢的線條和精彩的用色，讓整本圖畫書具有濃厚的詩意。

同樣的故事在不同的時空裡有不同語境與意義。在閱讀此繪本時，世界上有些地區正值嚴重的旱災，科技的進步，並沒有讓環境更好，反而對於環境更為開發，導致環境的破壞，許多地方都遭遇前所未有的極度氣候，水災，旱災頻傳。或許我們也要仔細反省，真的值得為了幾分鐘的方便而大肆破壞環境嗎？或是真的為了增加自己的財富，或者是享受，而砍掉所有的樹來興建各種娛樂和非必要的措施嗎？另外，人類所製造的各種污染也已經嚴重破壞大自然的平衡，這些都是我們必須得正視的問題。

現今的時代，水的取得相當容易，只要水龍頭一轉，乾淨的水就嘩啦嘩啦流下來，立即就可以享受甘美的水，所以我們認為一切都是如此容易與理所當然，而大肆地浪費水，或者污染水源。長髮妹孩為了救大家，讓大家有水可喝，願意犧牲自己的長髮，背叛山怪才有一絲絲沁涼生命的雨水，讓大家活命。我們應該本著更為尊敬的心態，抱持更為感恩的心情，感謝大自然恩賜，並且更加積極守護環境，唯有如此才有源源不絕的水可以享用。

一段感人的尋夢之旅[*]

　　一幅幅的插畫，宛若是石窟的壁畫，舉凡造型與用色都仿中國敦煌壁畫的錯覺，可見畫家的用心，有著濃厚的民俗畫的味道，卻在臨摹以前的作畫方式中，融入現在的構圖，讓人驚艷，印象深刻。

　　「圖畫書」一詞來自西方，指的是以文字和圖畫共同敘事故事的文類。在《神奇的壯錦》中，可以意識到創作者的野心，無論在故事，尤其是圖像的敘事，徹底使用中國圖畫中創作的元素進行創作。較為有趣的是，創作者在每幅插畫之中，使用手寫字標註「妲布」與「琴惹」，仿效中國傳統「繡像」的概念，非常特別。除人物會在圖案的旁邊予以標註，讓讀者清楚畫家所示，有趣的是，抽象的概念也被會標註在插圖當中；例如；其實在文字敘事中，早以文字「一陣大風」詮釋，沒想到在插圖裡又以手寫字「大風起兮」的文言文呈現，相當特別。

　　除此，這本圖畫書的文圖合作相當精彩，文中只有以「多繁華的市場啊！多奇妙的玩意兒啊！多古怪的小販啊！」表示，而插圖卻有各種巧思與設計，猶如觀看《清明上河圖》的錯覺，例如你會在插畫中看到「羽衣郎」，他身上穿著一襲畫著很多鳥的衣裳，胳臂上還停著一隻大鳥，而羽衣郎正吹著簫，但這個人根本在故事中沒有被提及；插圖中還可以看見白馬在跳火圈；甚至還出現孟婆湯等稀奇古怪

＊　原為劉旭爽：《神奇的壯錦》（南寧：接力出版社，2021年2月）序文。

的事，相當有趣，處處驚奇，這些可愛的設計都只是要表現出文中「奇妙」二字，可見創作者的百般用心。

我會把這本書定義為文化繪本，不只是在故事而已，連圖畫都能將讀者帶回歷史的現場，讓讀者沈浸在中華文化所帶給讀者的歷史氛圍，這並非隨意能做到，但是這本圖畫書做到了，屬於中國的故事、哲思、文化、繪畫藝術，每個地方都不馬虎。

《神奇的壯錦》是改編壯族的民間故事〈一幅壯錦〉，最後以圖畫書的方式呈現，基於圖畫書的形制，將故事略微改編，著重在妲布的尋夢過程，她在尋求屬於她的「桃花源」，她相信有朝一日，她絕對可以找到這個迦南美地；透過這個故事，讀者也可以學習到妲布的精神。妲布專心一致，投入所有心血創造作品，才能讓壯錦的一草一木栩栩如生。此精神也呼應此本圖畫書創作的精緻，無論是在故事主題的定調，或者在插畫各種細節的考究與不馬虎，不只讓讀者充分感受到妲布的奇幻追夢之旅，也為我們在場示範何謂職人精神——投入且專注於各種細節所表現出的專業。這樣的創作精神也提醒著所有創作者，唯有全心投入作品，作品才能被賦予靈魂，藉以感動讀者，就像是妲布的壯錦一樣。

這是一本美麗的圖畫書，每個小細節都可以看見創作者對於中國文化的爬梳與熱愛，最後用文中的一句話做總結，「畢竟心懷熱念的人，永遠不會被生活的侷促束縛住想像的翅膀。」或許妲布要用這個故事告訴我們，雖然很多事情看似不可能，不過我們或許可以秉持著「妲布精神」，勇敢的做夢與追夢，我相信有一天我們絕對能找到屬於我們自己的桃花源。

希望不是最後的百鳥衣*

　　人類與自然間的關係，絕對是許多故事中常見的議題，之前大部分的故事著重在訴說人類如何抵抗大自然所帶來的天災；隨著科技的發達與進步，對於自然知識的掌握，人類已經可以躲過或者提前預防自然所帶來的災害，不過人類卻開始自以為是，開始為了私慾破壞大自然，大自然生態滿目瘡痍，急需你我的保護，而《最後的百鳥羽衣》就是一個守護環境的故事。

　　〈百鳥衣〉是苗族的民間故事，說的是壯族青年救了一隻黃鳥，黃鳥化身報恩；地主惡霸殘殺鳥類，被迫製作百鳥衣，惡霸穿上神衣可以飛翔，不過卻被懲罰從天降下而摔死的故事。不過這個故事在創作者的改編重新演繹之下，重新賦予新生命，不再追求懲惡揚善的主題，而是非常大膽改弦易轍，將戲碼導向一個關於環境保護的故事。

　　在現今的時代，人與環境的關係與古代真的有所改變。之前是天人合一，人類對於大自然與萬物都有敬畏的心理，甚至祭拜他們，將他們視為有靈神明，不敢隨便破壞，祈禱保佑風調雨順，生活平安。不過，現在是人定勝天的科技時代，人類對於自然萬物的態度已經改變，為了滿足生活的品質大肆開發，大自然無語，只能任憑人類開發破壞。

　　當然，創作者利用此民間故事突顯生態與自然的重要，我給予極

---

* 原為盧璐：《最後的百鳥羽衣》（南寧：接力出版社，2021年2月）序文。

大的肯定。民間故事能得以流傳，是因為它能隨著世代變化，因此從每個時代的改編版本中，可以發現當時社會的價值觀與人本思維。創作者心繫環境保育的議題，創作出屬於這個時代的〈百鳥衣〉，我非常喜歡這個版本，具有相當的時代意義。改編的目的不外乎讓孩子透過時代的語境，重新閱讀經典，重新拾獲文本帶給讀者的真實感動。在這個故事裡頭，也談到「保護區」的設置對於生態的保育是否為正確的選擇，白蟒認為保護區的設置讓人類闖入他們的領域，讓他們原本很自由的地方，最後變身為「牢籠」，人類的介入到底是正確的嗎？在我還沒看這個故事時，我認為設置保育區是非常棒的保育方式，卻沒想到作者提出另一個觀點，難道這些動物願意長期待在「監獄」裡頭與人類共生嗎？這真的是一個很棒的問題，或許沒有正確答案。如何保護這些生態，避免人類沒有節制的開墾，這的確需要很大的智慧，這也不代表著，人類必須得完全被屏除在這些環境之外，如何在大自然中共生互利，才是最根本的解決問題，畢竟我們也是這個環境的一部分。

除此之外，此本繪本創作結合東方的水墨與西方的水彩技法，使用線條畫出大自然的千萬種綠，重現大自然環境的壯麗，讓讀者宛如置身森林，呼吸著芬多精；除此之外，創作者也使用色彩斑斕的顏料，在一片綠之下，更是顯現百鳥衣的神奇與華麗，光是色彩的饗宴，就是視覺的一大享受。

期盼讀者在閱讀此故事後，對於環境更為尊重，喚起大家對於環境議題的重視，否則若是人類在考慮自己的經濟利益，無止境的開發，想必大自然的反撲絕對會讓人類遭受到非常大的傷害。

一本不只說了一個故事的繪本 *

《清明上河圖十三郎》

（子源、菲菲，北京：中國少年兒童出版社，2019年2月）

---

* 原為子源、菲菲：《清明上河圖・十三郎》（北京：中國少年兒童出版社，2019年2月）序文。

　　中國的童書市場廣大，需求量多，在此原因下，全世界優秀的圖畫書作品幾乎都已經翻譯到中國，各式各樣的圖畫書百花齊放，讓中國的讀者可以讀到各國優秀的圖畫書作品，相當幸福。因此，本土的創作者有著絕佳機會大量吸吮國外繪本的創作，使得自製的圖畫書品質，以相當快的速度成長茁壯，並且開始出現不少令人驚嘆的本土圖畫書。又近期兒童讀物的出版趨勢，知識性讀物成為一大顯學，許多出版品開始朝向知識性的選題，希望孩子在閱讀的過程當中，除了能有文學的薰陶之外，也能兼具獲得知識，一箭雙鵰。畢竟華人對於是否擁有「實用性」仍舊相當在乎，而《清明上河圖・十三郎》結合「知識」與「文學」這兩個特質，創造出品質相當棒的中國原創繪本。

　　《清明上河圖・十三郎》的創作者子源大發奇想，將中國盛名的幾個傳世名畫當作是圖畫書故事的插畫，例如：張擇端的《清明上河圖》、李公麟的《五馬圖》、宋徽宗趙佶的《瑞鶴圖》、郭忠恕的《明皇避暑宮圖》、張先的《十咏圖》。甚至，故事中的人物也各有來頭，並非空穴來風，透過創作者精心的安排與設計整合這些搜集而來的「素材」變成一個完整的故事。雖然創作者組合相當多不同的元素，看似一鍋大雜燴；不過在創作者的巧思設計下，故事與圖的表現層次分明，一點都不紊亂，相當了得。他也為陳舊的圖畫書敘述找到新的說故事可能。

　　我們或許也可以將這本圖畫書看成是另類的經典再現，經典經過時間長河的沖刷，歷久彌新，但是時代性的不同，經典的再現必須考慮到時代的語言與創作方式。常見的經典再現手法，不外乎重新改寫與重置，再邀請畫家重新詮釋成為兒童讀物。但是，《清明上河圖・十三郎》讓我們看到一種再造經典的可能。光是故事背景的設定，便如此大費周章，創作者子源並非滿足，他的野心更是巨大：認為圖畫書需要一個完整的故事才能成為一本動人的創作：他選擇王采的傳奇

故事。五歲的王采過人的聰明才智，神擒歹徒的故事，發生在清明上河圖裡可真的是神來一筆，非常特別的設計。這本圖畫書是後現代拼貼的代表，它融合許多元素，透過創作者有意識的安排與鋪陳，使得所有的經典瞬間變為創作的素材，展現創作者的創作圖畫書的能量。

圖畫書的樣貌經過創作者不斷的發想其可能性與演繹，開始有了許多不同的樣貌與路數。相當有趣的是，中國的創作者已經開始自覺自身的文化與歷史，開始向經典與傳統取經，透過西方的圖畫書概念，使用自身的元素演繹圖畫書，也就是圖畫書的全球在地化已然形成；而不再只是一味的模仿西方作品與創作思維，《清明上河圖・十三郎》做了非常好的演示，無論是中國的傳統的「經折裝」裝幀手法，故事的選擇，圖畫的風格，全部都是中國的元素，打破傳統圖畫書應有的樣子，讓讀者看見一本不大一樣的圖畫書。

可佩的是，創作者花費八年的時間，不只重新臨摹清明上河圖的畫風，讓我們可以欣賞到中國的水墨藝術，他還在裡頭動了一些小手術，創造不同的驚奇，若沒有作者說明，根本不會發現，可見創作者畫技之細膩精巧。這本圖畫書宛若是一件藝術精品，可是價錢卻非常便宜，讓讀者都可以輕鬆入門，孩子也可以在藝術的薰陶之下擴展美感經驗，並且學會欣賞自己的文化藝術之美。

藝術的欣賞必須從小開始培養訓練，而非單調的讓孩子習慣於現在社會媒體所提供的美學表現，認為這才是唯一美感，透過接觸不同的美學經驗，加上從小便開始學習觀看閱讀藝術的方式，最後才能進而能欣賞自身文化的藝術之美。這本圖畫書看似舊時代的產物，卻處處有著新時代的新裝，它很努力在作為一本好的現代圖畫書。除了故事之外，它本身也是一本尋寶性圖畫書，大量的插圖訊息，考驗讀者的眼力，等著讀者發現其意義。此圖畫書也隨書附贈《給孩子的101個解讀》讓孩子可以在尋寶遊戲之後，可以再次進行另一場遊戲：他

們可以在創作者精心的畫裡頭，瞭解宋朝當時的一草一木和文化，它不只具有娛樂性，同時也兼具相當意義的教育性。

這本圖畫書集結藝術、知識、教育等功能，在眾多的圖畫書書海中，獨樹一幟，令人稱讚。也很高興中國的圖畫書創作者，能取材傳統，從中獲得創作靈感，再演繹出屬於中國的故事。中國五千年的歷史，絕對是一塊瑰寶，等著所有創作者去挖掘與想像，期待《清明上河圖・十三郎》能有拋磚引玉的功能，使得創作者能重新詮釋經典，讓孩子能更認識他們所生長的這片土地，熟悉自身文化與歷史。

傻，有時候是一種福氣*

《兩個小妖精抓住一個老和尚》

（黃小衡，北京：中信出版集團，2019年9月）

---

* 原為黃小衡：《兩個小妖精抓住一個老和尚》（北京：中信出版集團，2019年9月）序文。

　　《兩個小妖精抓住一個老和尚》是一本中國風的圖畫書，無論畫風或故事都充滿著中國元素。插畫是水墨畫呈現，而故事則以小妖精為主角，重新演繹蜘蛛精想吃唐僧肉的類似戲碼。兩個小妖精無厘頭與滑稽的表現，讓山大王想吃唐僧肉的故事，變成一場有趣的大鬧劇。

　　無厘頭（nonsense）是兒童文學的獨特的類別，強調遊戲性與趣味性，看似是一場荒唐的胡鬧，總有暗諷社會的習慣。無厘頭的文本，在華人文以載道的觀念中總是難以被接受，更遑論兒童文學是被賦予教育孩子為導向的傳道任務，更是被視為不入流的文本。不過隨著西方的兒童文學的引入，觀念的轉向與開放，似乎讀者或者是選書者，已經逐漸可以享受這種獨特的閱讀趣味。

　　這個圖畫書就有一點無厘頭的味道，從兩個妖精的名字：「聽我說」和「就這麼辦」其實就能嗅聞些端倪。這兩小個妖精活像相聲中的雙簧，一搭一唱，天真帶點傻氣，為了遵守不得了大王的囑咐，抓住老和尚，等待大王歸山，但是大王遲遲不回，老和尚寧願餓也不沾葷食，一天天消瘦。異想天開的兩個活寶小妖精，竟異想天開下山學廚藝，然後一天天養胖老和尚。離譜的是，大王竟然一年前就被人們抓走；更為荒謬的是，這時「聽我說」小妖精竟然認為既然他們有做飯的本事，應該就不用吃老和尚，所以就放走老和尚，在山裡頭開啟飯店，算是一個圓滿的結局，整個故事荒唐到極點。故事的情節走向都是由這兩個可愛的小妖精主導，理當是抓和尚吃肉的故事，原本是一場關乎獵人與獵物的廝殺戰役，沒想到竟然變成一場母親（兩個小妖精）深怕孩子（老和尚）餓著，所以到山下學習廚藝的無厘頭喜劇。

　　兩個小妖精是對活寶，令人摸不著頭緒的無厘頭故事，贏得讀者的笑聲，這就是滑稽美學。什麼是滑稽美學呢？簡而言之，滑稽美學總是靠著有如小丑般的，或者小孩般的無知與傻氣帶給觀眾歡樂與笑聲的一種美學，就像是這兩個小妖精，或者是周星馳的無厘頭電影，

都可以算是。不過看似毫無意義的搞笑，若是讀者能仔細推敲，似乎可以感受到創作者對於現實生活的控訴。

小妖精可以看作是孩子的化身，天真無邪，他們是整個故事的主要角色，無論是老和尚或者是不得了大王，在故事當中，竟然沒有任何的份量，而是兩個像小朋友的小妖精主導一切的劇情發展，從此便知，在作者的心中，孩子的份量遠遠大於成人的角色。老和尚和不得了大王，雖然都擁有社會所賦予的權力，無論是正派或者是反派，卻都一無是處，全部都得靠著小妖精的幫助：不得了大王需要小妖精幫忙活捉老和尚，老和尚也必須靠著小妖精才不會餓死，小妖精們在整個故事當中，有著巨大的地位。無形中，我們可以揣測創作者有著兒童文學就是教育成人，解放孩子的文學的創作思維。孩子的天真無邪，自由自在的想像遊戲，是創作者所推崇；而總是有著權力的成人，無論正反派，僵化的權力則是創作者所鄙棄。

其實，更準確應該這麼說，作者提倡的是童心，那顆還沒被社會所污染的赤子之心，作者將之視為至寶，而兩個小妖精就是赤子之心的守護者。若是以不得了大王的思維，社會就是一種弱肉強食的狀態，他必須吃掉老和尚才能提升自己，可能這個故事就是會是一場悲劇。反之，這兩個小妖精的赤子之心開始扭轉悲劇，讓故事開始轉向，肅殺的氣息開始銳減，反而充滿愉快的氣息；更荒謬的是，創作者竟然在小妖精到山下學習做菜時，花費大量的篇幅，介紹節氣與當令食物，真是無厘頭到極點；不過這樣的無厘頭出現在這個荒謬的故事當中，就顯得見怪不怪，反而創造出一種奇特的滑稽美感與趣味，讓我大開眼界。

那這本圖畫書真的只是單純的無厘頭讓讀者發笑嗎？顯然不是，雖然這看起來是個純粹無厘頭的故事，為的只是穿插中間節氣知識，不過這個故事似乎還存在著作者刻意不說的「什麼」等著讀者挖掘。

個人認為，除了赤子之心讓故事從悲劇轉為喜劇，其實還有一個重要的關鍵：便是小妖精對於老和尚的「付出」概念。人不為己，天誅地滅，社會總是教導著我們要自私，才能得以生存成長，但是這個故事卻告訴我們：小妖精對於老和尚的付出，才是使得這個故事從殺戮中徹底翻轉，有著皆大歡喜的結局。

有時候，我們若是能像這兩個小妖精一樣，活得傻氣一點，活得簡單一點，活得善良一點，為他人付出，相信你的生活將也會有不小的變化，而且是好的轉變。從小到大，社會灌輸著我們弱肉強食的概念，生活像是一個戰場，必須保持警戒，維護自己的權利；但只要願意調整，像兩個小妖精一樣，重拾童心，我相信你會發現原來世界是如此的美麗與有趣，因為赤子之心讓一切變得不同，讓你的生活更為多采多姿。

翻滾吧！筋斗雲！[*]

《從前有個筋斗雲》

（陳沛慈、李明華，南昌：二十一世紀出版社，2020年4月）

　　《從前有個筋斗雲》是我兩位玩樂智能十足的學生，與一位年輕且才氣不凡的畫家合作的繪本。

　　因此這是本令人驚艷的繪本，其中除插科打諢、無厘頭之外，無

---

[*] 原為陳沛慈、李明華：《從前有個筋斗雲》（南昌：二十一世紀出版社，2020年4月）序文。

論是內容或畫風，皆傳遞著濃濃的中國風，內容更將西方文化巧妙的融合在這個充滿趣味的繪本中。

《從前有個筋斗雲》選擇從中國古典文學《西遊記》出發，卻不走改寫、重新詮釋的道路；而是在《西遊記》裡，把筋斗雲從小配角變成無比重要的大角色，真是個有趣的點子。無論你對《西遊記》熟悉不熟悉，都應該知道孫悟空腳下那朵飛得風風火火的——筋斗雲。

筋斗雲和孫悟空在廣大讀者心中是完美的組合，失去了筋斗雲的孫悟空，就像沒有飛天掃把的哈利波特，少了特有的魅力。作者巧妙的用故事對讀者提了幾個問題。當完美的組合其中一方改變了，還會是完美的組合嗎？孫悟空成仙後，不再胡天胡地的四處冒險，但筋斗雲還是原來那個筋斗雲，他們的關係已不如往昔。在這樣的狀況下，該如何相處？彼此該如何看待？是非常嚴肅且需要學習的事情。

孫悟空和筋斗雲的關係，可以套用在許多人際關係上。孫悟空像每個長大成人的我們，行為上被各種禮教、規矩、顏面與成就需求給框架，不再像孩子般自由自在、無拘無束；而筋斗雲依舊是那個天真的筋斗雲，其中沒有對錯，只是彼此不再合適。

起始，作者讓孫悟空表現像個有責任感的大人，盡力為筋斗雲找到合適的工作，卻鬧得失敗收場。後來，筋斗雲遇到一份很適合他的工作，為聖誕老人分送禮物。然而，作者突然又給了故事一個大轉折：筋斗雲拒絕了這份工作，他開始懂得思考自己想要什麼？作者告訴讀者，適合與否只有自己最知道，不要一味等著別人的安排，這也是種成長。

繪者在畫面的經營格外用心，熟稔的水墨技巧，讓繪本有著符合題型的濃厚中國風外，更調皮的埋下許多小彩蛋，準備帶給讀者驚喜。除了讓讀者在閱讀文字享受故事之餘，也能於欣賞畫面時，挖掘出更多有趣味的小細節。

中國經典繪本的招魂饗宴*

——替創作者招魂，幫閱讀者尋根

《百年百部中國兒童圖畫書經典書系》
（武漢：長沙少年兒童出版社，2020年10月）

　　有多少的孤魂，在鄉野間流浪，雖然祂們曾經風光，不過已慢慢被遺忘，而我們在蓋一座神殿，試圖找回這些珍貴的魂魄，重現那個美好的曾經，讓他們回家。

　　在這十年當中，兒童文學在市場異軍突起，兒童文學如雨後春筍蜂擁而至，遍地開花；轉眼間十年過去，兒童文學花園現已百家爭鳴，百花齊放，眾聲喧嘩，而其中又以圖畫書最為活躍。

　　不可否認，圖畫書（picture books）概念來自西方，接著才開始

---

* 原為《百年百部中國兒童圖畫書經典書系》（武漢：長沙少年兒童出版社，2020年10月）推薦文。

傳播到各個地方，若採取最廣義的界定，其實圖畫書就是一本書裡頭，不單只有文字文本，同時也擁有圖畫文本，只是比例上的多寡而已。倘若是採取較為嚴苛的定義，那就必須得符合一個大原則：圖畫不再只是插畫文字的功能，而是擁有自己的敘事線，與文字共述一個完整的故事，相信這樣的圖畫書定義則是在許多專業的兒童文學論述書籍被認可。不過一定有人質疑，廣義的圖畫書定義包山包海，只要文本有文字與圖畫便成立；而狹義的圖畫書定義，又如此的模糊不清，圖畫與文字的配合，必須到達哪種程度才算是圖畫書呢？所以，到底什麼是圖畫書，其實都是一種主觀的判斷。因此，在坊間只要作品中，有大量的插畫比例，原則上就可以被視為廣義的圖畫書，或許這也比較讓人接受。

　　圖畫書蝗蟲式的橫掃書市也不是沒有原因，當今是個影像當道的時代，影像敘事比起文字敘事來得更容易被接受，圖畫書趁勢而起，風風火火，絕對不意外。兒童文學文本似乎找到一種全新的敘事方式，積極參與這個時代的話語權，當然它還是一種文學的表現，只是敘事的媒材不同罷了。閱讀購買圖畫書的風潮快速的漫延到整個童書市場還有幾個原因。其一，低幼孩子的兒童讀物幾乎被圖畫書給取代，低幼的孩子無法識字，卻可以簡單的看懂圖案，若是靠著圖畫輔助教學或者說故事，應當可以得到絕對正面的回饋。其二，圖畫書廣泛被閱讀推廣人與老師在教育現場使用，圖畫書的內容方向相當多元，故事又簡短，非常適合在時間有限的教育環境中當作教材。其三，圖畫書的樣子與可能性總是讓讀者感到新鮮有趣，圖畫書變化多端，有遊戲書、立體書、玩具書等，甚至還可以結合手機，讓讀者可以與書本直接性的互動。它可以很有趣，也可以很藝術，像是許多著名的圖畫書作家的作品，簡直就像是個美麗的藝術品。這三點都可以說明圖畫書如何在兒童文學書市中，異軍突起，甚至直搗黃龍，稱霸

童書市場。

但有個問題，你會發現市場上百分之八十甚至九十以上的圖畫書都是來自國外，本土的作品的比例不高。這也是可預見，圖畫書的原創出版對本土出版社而言可能剛起步，但是對許多國家而言，早已有歷史且有非常多經典的作品。不過這幾年，本土的圖畫書原創作品在品質與產量都有突破性的發展，我將本土的圖畫書發展分為幾個歷程：

第一個歷程：出版商大量引進國外作品。這些作品大都是各個國家優質的頂尖作品，或者是得到國際大獎的肯定，大量的輸入也才能滿足龐大的市場需求，以及讀者對於圖畫書的渴望。

第二個歷程：中國本土創作者開始瞭解並且吸吮國外圖畫書的說故事方式，試著創作原創圖畫書，因為是初期創作原因，技巧與說故事的方式都還不夠成熟，不過這時期出現許多圖畫書閱讀推廣人，開始試著詮釋與分享圖畫書的創作模式與閱讀，這不只有助於圖畫書的推廣，對於創作者而言更能瞭解圖畫書的創作語言與設計。

第三個歷程：經過一段時間對於外國傑出作品的模仿與練習，本土創作者對於圖畫書的創作手法與觀念都相當足夠，市場上開始出現佳作，代表著本土圖畫書的創作逐漸成熟，而且在市場上的反應也相當熱烈。

第四個歷程：中國的圖畫書市場在各國精彩的圖畫書夾擊下，希望能開闢出屬於自己的道路。這也是最後一個階段，那麼中國圖畫書要如何才能開始走出不一樣的道路呢？

其實，這就是這套「百年百部中國兒童圖畫書經典書系」的發想初衷，該是為中國圖畫書招魂了。對的，招魂，而現在就是最佳的時機點。當本土創作者已經能創作出品質優良的圖畫書之後，接下來他們必須去思考更為核心的問題：中國的圖畫書是什麼呢？它所創造出來的原創作品，跟其他國家有所差別嗎？還只是更高階的模仿呢？要

解決這個問題，就必須給中國的圖畫書，招魂。

圖畫書發展的前三個歷程都是積極往外求，第四個歷程要轉變開始往內求。你一定會好奇，為什麼要往內求？為什麼往內求如此的重要，也就是為什麼要招魂呢？如何招魂呢？其實，招魂就是找回那些被我們給遺忘的老靈魂，唯有老靈魂歸位，整個中國圖畫書才能有魂魄。其實嚴格來說，中國在這百年期間，並非沒有自己的圖畫書作品，剛在前面說過，圖畫書這個文類的概念是從西方傳遞過來，我們才會認為圖畫書的類別剛興起，若是使用廣義的圖畫書定義，也就是非兒童本位，所謂非兒童本位，意謂著雖然此書非為兒童特殊的族群獨立製作，不過卻是適合兒童閱讀的圖文書籍，應該都可以被歸類為圖畫書。若是以此規則定義，中國在這百年期間，其實有著非常不錯的圖畫書作品，只是我們並不曉得罷了。唯有找出這個歷史源頭，招回魂魄，中國圖畫書的原創才算打通任督二脈，得以在全世界的圖畫書出版挺胸邁步。

另一方面，招魂也是為了找回自己的靈魂；而尋根則是為了找回自己的歷史與記憶。相信最棒的圖畫書創作，絕對是將之當作是一種藝術創作對待，因此創作者必須得充分瞭解自己從何而來，除了自己的生長背景，另外一塊就是自身的歷史文化與記憶。作品無非是創作者對於生命的見解與闡述，因此創作者若是對於土地與自身文化沒有絲毫連結，他的作品就會流於空洞與虛浮，作品便缺乏生命力，遑論要與世界一流的圖畫書放在一起評比，那根本是不可能的事。

因此，「百年百部中國兒童圖畫書經典書系」將承擔起這樣的責任：「替創作者招魂，幫閱讀者尋根」的重大使命。「百年百部中國兒童圖畫書經典書系」秉持著高思想價值、文學價值、藝術價值與文化價值這四個選書標竿，希望能選出中國百部經典作品，這百部經典的魂魄將引領中國圖畫書的創作往更美好的迦南之地前進。相當開心，

此套書的第一部分八本經典圖畫書已經完成，並且上市。我是此書系的編選委員，知道整個團隊對於此書的規劃與執行都相當嚴謹，選書就是一門大考驗。我們希望能真正找到發光的老靈魂，希望這些老靈魂能成為中國圖畫書的指標，讓讀者能遙望想念，也能成為創作者的標竿。整個選書過程就像是一場儀式，這場儀式就像是在修復一棟圖畫書古蹟神殿，我們希望不只能修復神殿的外殼，最重要的是把裡面尊貴古老魂魄招回，希望祂們能永久陪伴著我們。

我們希望打造的這個的古蹟神殿，用二十一世紀的方式，它必需要能符合現代的社會脈絡，而不是建築一個自以為是的老人紀念館，願意進去參觀的人寥寥可數，興致缺缺，而且都是老人。我們有一票非常懂圖畫書的專業團隊，他們不是隨便擇選幾本圖畫書後，然後就原封不動的呆傻印製，這樣的話這座神殿可能大風一吹，立刻就被吹垮，不堪一擊，很快就會成為無人過問的廢墟，這可是我們所不樂見。我們的製作團隊與編輯都擁有優秀的圖畫書知識與眼界，對被選上的每本圖畫書的創作手法與表現形態如數家珍，瞭若指掌。在這樣的基礎之下，我們再以不違背原本的創作原則與美學中進行微調手術，舉凡文字、圖像，甚至是圖文之間的密合度，盡力接近創作者的藝術表現，幫這些圖畫書穿了時代的新衣裳。

重新詮釋過後的作品，讓人耳目一新，但是你還是會認得這些老靈魂，因為祂完全沒有變，只是換了一件更美的衣服，說話也更和藹可親了。而在書的版型團隊也煞費苦心，為了能提升讀者的閱讀感受，還盡力將小讀本放大製作成大開本，當然這是考慮到不會失去原本圖畫書的美學設計的情況下所做的調整。甚至有的作品原稿早就遺失，只能倚靠著高科技的掃描器重新後製微調，只為重現當年作品的翩翩風采。關於裝幀的部分，更是央請朱贏椿老師參與設計，為了不干擾每本書的性格，只在書脊的地方披上金色黃袍，象徵尊貴的榮

耀，小小的調整就讓這些有個性的老靈魂產生整體感。另外，第一部所選的八本圖畫書，有著繽紛不同的畫風與風格，有中國畫、水彩畫、鋼筆畫、油性彩鉛，風格各異，預定帶給讀者不同的閱讀饗宴。

說實在話，要蓋這一座神殿，復刻這些經典圖畫書，實屬一件不簡單的事，舉凡如何重現當時的油墨、色彩都是挑戰；嚴格來說，這是一門獨特的技藝，一個差池都不能有，否則就會走樣，走味，神殿就會淪為被訕笑的豆腐渣工程。在一開始我便說過，雖然這些圖畫書作品，並非全然為孩子所創作，不過在這群專業的團隊編輯之下，有著圖畫書意識，戰戰兢兢的進行微調，使得這些作品也能夠成為真正為孩子所做的圖畫書作品，這個創舉是獨一無二，心意更令我感動。在日新月異，腳步飛快的時代裡，每個作品停留的時間變得相當短，稍縱即逝，我們被大量的資訊淹沒，經典不再，每個作品可能都只是幾十分鐘的英雄，所以我們需要神殿，神殿才能讓這些值得萬古流芳的老靈魂居有定所，不致流浪。這些老靈魂才能讓我們擁有自己的歷史與記憶，讓我們能抬頭挺胸訴說自己的故事，也讓我們向這些老靈魂看齊，有朝一日能像他們一樣，住進神殿，供人敬仰，因為神殿才是家，家才能讓我們走向更美好的地方。

閱讀名人傳記，
給孩子樹立人生榜樣
——林文寶教授《中國名人傳記》閱讀分享整理

　　我是大家熟悉的阿寶老師，今天很高興的來推薦這套寫給孩子的名人傳記。這套書出自大家耳熟能詳的小牛頓雜誌社，是小牛頓雜誌社所編的。

　　「小牛頓」為華語世界最有影響力的原創圖書品牌，獲得過臺灣二十多個出版獎項，三度榮獲臺灣出版最高獎——金鼎獎！「小牛頓」一直是臺灣地區最暢銷、最有影響力的兒童讀物出版公司。在兩千多萬人口的臺灣，創造了累計發行超過五千萬冊的奇跡！

　　我先從幾個關鍵字來介紹，進而來談閱讀和傳記。第一個關鍵字是圖像的轉向，第二個是兒童文學，第三是閱讀，第四是傳記，最後我會再總結一下我的看法，作為結論。

林文寶老師

一　圖像轉向

　　我是誕生在上個世紀四〇年代，說起童書呢，那時候沒有多少書可看，大家對知識的追求是非常渴望的。而那時候看什麼書都可以，唯一的禁忌就是不可以看漫畫。

　　我們今天要介紹的這套寫給孩子的名人傳記，雖然書名上沒有寫，但其實它就是漫畫。以下我分別從幾個關鍵字來介紹給大家，讓大家能夠瞭解，為什麼在今天這個時代裡，我們必須讀名人的傳記，同時也必須看這種以漫畫圖像為主的讀物。

　　首先介紹所謂的圖像轉向。圖像轉向在整個思想上，尤其是閱讀方面，有一個最大的轉換。一九九四年，有位學者——W.J.T 米契爾[1]，他在《圖像理論》中提到圖像轉向。所謂圖像轉向，在學術上也叫作視覺轉向，指的是我們在閱讀的時候已經不再完全依賴文字，而必須加上相關的圖片。對中國兒童而言，最明顯的圖像轉向就是所謂的圖畫書，圖畫書在大陸可以說是一個震撼的讀物。

1　W.J.T.米契爾（W.J.T. Mitchell）系《批評探索》主編，芝加哥大學藝術史系和英語語言文學系著名教授。發表著述多種，包括《圖畫何為》，《大地景象與權力》和《圖像理論》。

　　而圖畫書在西方的歷史中，最早的是在西方一六五八年，一個教育學者出了一本叫《圖畫書中見到的世界》[2]。這本書提到的圖像轉向，告訴我們閱讀已經開始在轉向。圖像轉向發展演變到後來，就變成現在你所看到的圖畫書，那圖像的演變，最後和動漫、漫畫結合在一起。這種圖像轉向，其實世界各國在發展上差不多，以中國而言，最早類似於《圖畫書中見到的世界》的書，我們叫《新編相對四言》，這本書於一四三六年出版。

　　中國早期有沒有像西方這些圖畫書呢？其實如洛神賦圖、清明上河圖，可能就是所謂的成人圖畫書，而目前大陸已經把清明上河圖，洛神賦圖等書正式印出來。

　　我們要談的圖像轉向是指整個閱讀方面，這是一個非常大的轉變。在人類文明的發展中，閱讀是在發明文字後才出現，因此人類學會閱讀，其實是花了將近兩千年的時間。我們人類的腦細胞裡面，各方面的神經元全部配合在一起，沒有所謂專門掌管閱讀這一塊的腦神經。從這個角度而言，學閱讀是非常辛苦的，所以這是為什麼我們在孩子小的時候，尤其低幼的時候，要叫他看圖像的書、圖畫書。

2　《圖畫中見到的世界》是捷克著名教育家康米紐斯的重要著作。這部附有插圖的初
　　級學校教學用書，包括了社會和自然科學的多方面知識。《圖畫中見到的世界》以圖
　　畫的形式來表現和命名世間事物及人生活動的全部基礎。

以上是我第一個要講的圖像轉向。在我那個時代，不管是老師還是家長都會禁止讀漫畫書，是唯一的禁忌。但今天，教育經驗告訴你，教育就是透過各種的遊戲的方式讓孩子主動學習。

二　兒童文學

接著介紹所謂兒童文學的概念。在大陸提及兒童文學，多數人都知道，但我發現，其實大家對兒童文學並沒能真正理解。所以我現在首先說明所謂廣義的兒童文學，用一句話來說，就是指童書、兒童讀物，因此我認為我們對兒童文學應有幾點的認識。

第一點，兒童文學是言語教育兒童的需要，這是為什麼會有兒童文學、童書這些東西出現，那是因為要教育孩子。教育孩子的緣起是西方工業革命，古今中外的教育，最早的時候都是掌握在上等階層貴族這個階段，而在西方工業革命後，中產階級興起，為了教育孩子，開始編寫圖書，接著便出現兒童讀物。我們要瞭解，兒童讀物本來就是為孩子編寫的，是為孩子教育需要而產生的一種讀物，因此兒童文學首先必須具備教育的意義。雖然時至今日，教育意義已經不是那麼正經八百，但你仍必須要不違反教育。第二點，我們要理解所謂兒童文學，是為孩子量身打造書寫出來的一種文類。這種文類需要符合兒童的心理需求、生理需求以及社會需求，並且適合兒童閱讀。如果我們動不動拿出魯迅、周作人的書給孩子看，意義不大，因此除非是在上課，不然應讓兒童自行閱讀。

若從這種觀點來看第三點，我們就可以理解，兒童文學絕對不只有狹義的文學。接著第四點，我們要理解廣義的兒童文學。廣義的兒童文學是指零歲到十八歲，為什麼這麼說呢？這是依據聯合國兒童權利公約，未滿十八歲的少年、兒童，都是稱為兒童：

一九二三年　國際聯盟起草「兒童權利宣言」。

一九二四年九月二十六日　國際聯盟通過「日內瓦兒童權利宣言」。

一九四八年十二　　月十日　聯合國通過「世界人權宣言」。

一九五九年十一月二十日　聯合國通過「兒童權利宣言」（U.N. Declaration of the Rights of the Child）。

一九七八年　波蘭政府撰擬「兒童權利公約」草本。

一九七九年起　聯合國工作小組審查前項草案，該年並訂為「國際兒童年」。

一九八九年十一月二十日　聯合國通過「兒童權利公約」（U.N Convention on the Rights of the Child），該公約於一九九○年九月二日正式生效，成為一項國際法。

　　所以現今的兒童文學其實有可以有兩個門類。一個大的是以兒童為本位，在書寫的時候要合乎兒童的心理、生理、社會發展，我們叫做兒童本位。所謂兒童本位之說，基本上原先並不是要寫給小孩子看的，但或許是因為內容很有趣，情節非常的精彩，所以後來慢慢的就有大人把它改寫成為兒童版，如父母在為孩子講《三國演義》時，不按照原文念，自己重新編過，或者像是將莎士比亞的戲劇改變成兒童版的莎士比亞故事。現在的大人過度重視非兒童本位，常常拿不適合兒童閱讀的書籍，但你要知道，讓兒童讀不合適的讀物，反倒會影響他的閱讀興趣。

　　兒童文學有五個層次的區別。第一個我們稱為嬰兒文學，嬰兒文學的產生其實是最近二、三十年的事情。第二個是幼兒文學，大家比較容易理解，是指幼稚園的階段。接下來三個層次便是我們一直在講的狹義的兒童文學。第三個可用一個童年文學的名詞來涵蓋，指的是

小學階段。第四個是所謂的少年文學，少年則是指初中階段。最後是青少年文學，指高中階段，這個階段在大陸常用的名字叫作青春文學。以上是我要介紹的第二個概念，兩岸的兒童文學的發展，基本上大不一樣，而和西方兒童文學相較，更是非常不一樣。

中國古代也有所謂的兒童讀物，大家現在所看到的，啟蒙書這一類的讀物，其實非常富有中國傳統，像百家姓，千字文。當然，這些是為了要教育兒童，從成人的角度所編寫出來的，教育性很強，即使在西方早期的兒童文學的發展還是一樣的道理，都非常正經八百，而真正的兒童文學直到在十八、十九世紀才出現。

現在出版的書全部都是廣義的兒童文學，包括小朋友上課的教科書。我認為教科書的毛病，是目標性比較強烈，由於它是成人寫的，所用的語氣不一定適合兒童閱讀，因此假設能由比較懂得兒童的人來編寫，孩子會很喜歡看。

三　閱讀

第三要介紹的是所謂的閱讀。我們知道閱讀目前在大陸的發展其實不是很好，最大的問題在於推廣的專家太多、有各行各業的學者，但他們卻根本不了解兒童到底需要什麼、兒童到底是怎麼樣的。

因此我首先必須跟各位介紹所謂的閱讀理論，這裡要介紹的是Chall 的閱讀理論：

> Jeanne Chall（1921-1999）是美國哈佛大學一位著名閱讀心理學家。Chall（1996）認為閱讀發展階段從幼小的孩子到成人的閱讀之間，閱讀行為在每個階段會產生不同的特徵，根據各階段的特殊性，將閱讀發展分為零到五，共六個階段。

她所講的閱讀發展理論，一共分為六個階段，見下表：

階段別	閱讀期	閱讀期	年級	行為描述
階段〇	出生到6歲	前閱讀期Prereading		1.約略知道書寫長什麼樣，哪些是（或像是）書寫。 2.認得常見的標誌、符號、包裝名稱。 3.會認幾個常念故事書中出現的字。 4.會把書拿正，邊念邊用手指字。 5.看圖畫故事或補充故事內容。 6.會一頁一頁翻書。
階段一	6到7歲	識字期Initial Reading, or Decoding	1到2年級	1.學習字母與字音之間的對應關係。 2.閱讀時半記半猜。 3.認字的錯誤從字形相似但字義不合上下文，到字形、字義都接近原來的字。
階段二	7到8歲	流暢期Confirmation, Fluency, Ungluing from print	2到3年級	1.更確認所讀的故事。 2.閱讀的流暢性增加。 3.為閱讀困難是否有改善的重要契機。

階段別	閱讀期	閱讀期	年級	行為描述
				4.為建立閱讀的流暢性，大量閱讀許多熟知的故事是必要的。
階段三	9到14歲	閱讀新知期 Reading for Learning the New	三A 4-6	1.以閱讀方式來吸收新知。 2.先備知識和字彙有限，閱讀的內容屬於論述清楚、觀點單一。 3.剛開始以聽講方式吸收訊息的能力比以閱讀方式吸收訊息的能力為優；到後期以閱讀方式吸收訊息的能力則優於前者。 4.字彙和先備知識增長的重要時刻。 5.學習如何有效閱讀訊息。
			三B 7-8 （9）	
階段四	14到18歲	多元觀點期 Multiple Viewpoints	國高中	1.閱讀內容長度和複雜度增加。 2.閱讀的內容觀點多樣化。
階段五	18歲以上	建構和重建期 Construction and Reconstruction	大學	1.選擇性閱讀。 2.即使是大學生也不一定達到階段五。 3.讀者不是被動接受作者的觀點，他會藉由分析、判斷以形成看法。

　　這個階段，尤其指的是十歲、孩子上小學四年級的時候，有一個全世界各國參加的 POS 測試，測試的重點正是孩子到底有沒有已經學會閱讀。

　　其實孩子直到小學四年級才開始真正的閱讀，前面都是在準備。課內閱讀是共讀一本書、一篇文章，而課外則應該要讓孩子發展可能的天賦，這一點非常重要，所以目前的教育極力在鼓勵、鼓吹孩子多讀，要讓孩子多讀各種雜七雜八的書，讓他們從閱讀中發現自己喜歡的東西。語文閱讀的誤區，就是以為閱讀是語文老師的事情，這是現在最莫名其妙的一點。閱讀絕對不只是語文老師的事情，而是全部學科的綜合。比如說科學閱讀絕對和文學不一樣，和數學閱讀也不一樣。所以，真正的閱讀是教會孩子各種不同的學科、不同的內容，比如說怎樣讀海報、怎樣讀說明書、怎樣讀科學，又比如說：上科學課時，科學老師提到有哪些有趣的科學課外讀物，因此我們要關心的是課外閱讀。

　　我們談閱讀的發展理論，是因為孩子在閱讀發展過程中，每個階段都是不一樣的。目前來說，閱讀是孩子的終身工作，因此重要的是父母要能理解孩子。如果孩子程度就這麼低，只能夠看程度比較低的書才能看懂、才有興趣閱讀，若是連看都不看懂，他怎麼會看得進去呢？所以父母要理解孩子的閱讀起點。

　　閱讀其實就是要讓父母理解兒童，你的孩子到底喜歡什麼書。孩子喜歡的是怎樣的，就要供應他什麼東西。而家長應以身作則，因為你慢慢在引導他走向一個你所要的路。推廣閱讀時，不管是老師或者父母，其實最大的致命傷就是大人自己。想直接要求孩子看書是不可能的事情，孩子成長過程中最重要的，就是父母要去伴讀。有一些媽媽說自己老公就不讀書，那我就笑她，如果你老公不讀書，你就要鼓勵他去讀。每天家裡有一個規定的閱讀時間，可能是十分鐘，或者半

小時，就算是假裝也沒關係，你要知道裝久了就會變成真的。家長可以買一些圖畫書給孩子看，像這一套名人傳記都是漫畫，他可能就喜歡看。

四　傳記

　　所以「以身作則」絕對是老生常談。再來我要講傳記，在兒童文學的教科書裡面幾乎沒有傳記這一項，這是非常奇特的。那麼在西方的兒童文學裡面，傳記是非常非常重要的一個文類，它常常跟知識性讀物放在同一個類別裡，甚至時常是獨立的一類。他們會重視這個，傳記是不是跟他們文化背景有關，但是我們華人又是如何呢？所以有這一套書《寫給孩子的中國名人傳記》出現，我自己也感到非常欣慰，也會十分興奮。雖然這套書是臺灣差不多三十年前編出來的，但是編得其實真的是非常得不錯。

幼兒理想發展的六個基本要素	
1	幼兒需要有安全感
2	幼兒需要適度的自我肯定
3	幼兒需要體會生命的價值與意義
4	幼兒需要成人協助他們理解生活經驗
5	幼兒需要與有「權威」的成人一起成長學習
6	幼兒需要有成人或兄姊作為學習的榜樣

　　第一，幼兒在發展過程中，孩子要有安全感，因為安全感是非常重要的，如果讓孩子處在安全性不足的環境中，孩子根本不可能成長；第二，要適度的自我肯定；第三，大人要讓孩子體會生命價值的意義和一些做人的準則，比如在吃飯的時候，家長要告訴孩子糧食來

之不易，粒粒皆辛苦，雖不需要嚴厲到講有人會餓死之類的話，但是要讓孩子去體會；第四，孩子需要有成人協助，讓他理解生命的體驗，因為有時候孩子的生活圈比較狹隘，你有了孩子，絕對是人生過程中一個重要的部分，你重新再度過你的二度童年。尤其像我那個時代，哪有什麼童年，我們的童年就是玩。就今天來講，可能是非常幸福，但是就閱讀來講，其實是一片空白。所以，那個時代的童年跟現在不一樣，你跟孩子都是要成長變化的，你的二度童年，就要回歸到跟孩子差不多一樣的心態；第五，孩子需要和權威的成人一起成長學習，孩子最初的偶像可能是老師和父母，但到小學四、五年級時就會慢慢轉變，比如開始喜歡周杰倫等，這時候就突顯出名人傳記的權威性。第六，有成人和兄姊作為學習的榜樣，現今家庭中有兄姊的比例較少，因此就必須有成人的引導，剛開始可能會是影視、體壇人物，但慢慢的會希望孩子從歷史人物身上學習到良好品質，讓歷史人物成為孩子的偶像，這就是為什麼名人傳記在西方這麼重要。

傳記就是一個人的成長歷史，平凡人的成長歷史可能沒有那麼高的價值，因此非常推薦名人傳記，比如《華盛頓傳》，此外，小牛頓還推出了一套中國名人傳記，共十二本。

給孩子看的這套名人傳記的幾個特點：第一，準確真實，在國外把這一類讀物叫作非虛構的文類，但也不妨礙給這些東西做些加油添醋的處理，呈現的結果可能與歷史事實有些出入，但基本都是真實存在過的；第二，寫給孩子看的傳記文章組織寫作和成人不同，給孩子看的傳記不能把完整人生全部寫出，必須挑選其中有正能量、孩子喜歡的東西才可以；第三，傳記文體的風格也會不一樣，這套書所用的就是漫畫，孩子喜歡且容易接受；第四，版式和插圖不一樣，給成人

看的傳記可能沒有插圖，頂多是圖片，但是寫給孩子看的就不一樣了，今天是個圖像轉向的時代，要儘量加上圖片。

為什麼孩子需要去讀這套名人傳記？一、引導孩子認識真正的世界，孩子初始接觸的繪本和童話偏向比較理想化的狀態，名人傳記能讓孩子明白人生必須奮鬥；二、樹立正確的價值觀、啟迪人生；三、找到人生的榜樣；四、樹立遠大的人生志向；五、提高文學素養，開啟藝術的啟蒙，當然，此已成為其附加價值。

這套名人傳記和一般的傳記有許多不一樣的地方，除了漫畫生動、語言通俗易懂外，還穿插了問答教室、紙上觀光、解說、史料補充、作者的生平圖表等板塊，讓孩子在看漫畫之外，可以透過這些板塊走向自主學習，這就是這套書非常特殊的地方，也是最讓人感動的地方。另外一點是，這套書的漫畫屬於早期的漫畫形式，漫畫非常精細，一筆一畫的純手繪作品，是現在的漫畫書所不能的。

接近尾聲，那我就講我對這套書的一些看法。第一個，我剛才講過，其實教育、教養和閱讀都是一樣，沒有別的方式，就是必須理解你的孩子，你孩子是雞鴨鵝，或者你的孩子是龍鳳，你就按照他的一個個專長去理解。今天有談到，每個孩子都非常不一樣，我們沒有辦法要求每個孩子讀同一本書，也沒有辦法要求每個孩子都是一樣的，所以家長必須先理解孩子。

現今社會不再和以前一樣，行行皆能出狀元。全世界最美的公司 Google 裡面的員工，有百分之七十都不是從大學畢業，但他們都有各自的特色專長。所以理解孩子是非常重要的，一定要以身作則，如果你想要求孩子，你就必須自己做得到。

　　我們要理解，給孩子看的書，主要的目的就是引起孩子的閱讀興趣，所以兒童文學是指適合兒童閱讀，能引起孩子閱讀興趣的書，不一定要加上太多的教育目的。適合兒童閱讀的讀物，並不能用生硬的文字所寫，而這套書是以兒童文學的觀點所編寫，是適合兒童閱讀的課外讀物，更重要的它是以漫畫的形式編寫，讓孩子更容易理解。

　　記得應該是二十年前左右，我來大陸推廣閱讀、推廣語文教育，當時我常常鼓勵孩子閱讀、看漫畫，很多家長和我說：「阿寶老師，你不要教孩子看漫畫，那是不可以的，是違規的啊！」但我還是忍不住會講。那還好，到二〇〇九年《閱讀的力量》出版後（這本書在大陸也有了，只有樣式不一樣），我每一年到大陸就帶這本書給朋友看，也送了很多朋友。這本書告訴你，專家學者通過各種實驗、實證的研究，證明孩子看羅曼史的書、漫畫絕對是有正向的影響。雖然仍有些人無法接受，但這個觀念正在慢慢改變。

　　我後來編的《幼兒文學》，內容比較特別的，就是我把漫畫跟動漫放到書中。其實我們現在的幼稚園，還不是一天到晚看動漫嗎？那為什麼要去反對？所以我們大人有時真的必須去嘗試理解。

　　我的書裡面就真的加入動畫和漫畫。而對《閱讀的力量》這本書，我也特別再介紹一下。這本書其中有個章節叫「提升閱讀興趣的方法」，首先便告訴你輕鬆閱讀漫畫是非常重要的，因為孩子每天正經八百地上六、七節課已經很疲憊了，在課外時，難道不能夠看一點輕鬆的，他自己喜歡的東西嗎？我想大人也是一樣，下班回家總是想輕鬆一點，所以讓孩子輕鬆一些更好。

　　國外的孩子回到家裡基本上是沒什麼作業的，在家多半是做課外閱讀，或是參加各種有興趣的活動，探索潛在的天賦。而這套書它是理解教育的，並不是課內的讀物，能協助和幫助正式教學不足的地方。

　　這套書裡面的課外讀物採取孩子喜歡的方式，引起孩子閱讀興趣。所謂喜歡，就是孩子能看得懂，而且有趣，這才是兒童文學的真正意義。如果你真的要鼓勵孩子閱讀，我想就從漫畫開始，如果你還不死心，你就讓孩子看這部名人傳記，總會放心了！當然最重要的是，你一定要跟孩子一起閱讀，如此更能增加親子的互動與對話。

林文寶老師傾情推薦，《千萬不要玩穿越系列》終於來啦！

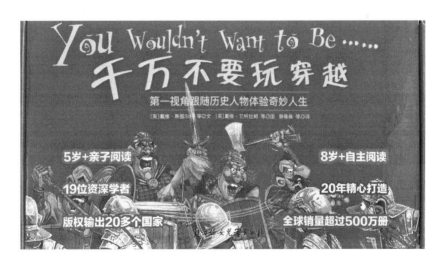

《千萬不要玩穿越》

（長春市：北方婦女兒童出版社，2019年4月）

　　林文寶老師是臺灣著名的臺東大學兒童文學研究所的「開山祖師」，臺灣兒童文學的「砌磚者」。提到他，喜愛他的人都親切地尊稱一聲「阿寶老師」。

　　這些年，為了推廣兒童閱讀，阿寶老師從臺灣的「阿寶老師」，變成大陸的「阿寶老師」，頻繁往返於海峽兩岸。越來越多的家長開始關注起這個可愛的「老頑童」，越來越多的家庭被他的閱讀理念與教育觀所影響。而被阿寶老師推薦的圖書也成為各位家長們的優選讀物。

　　第一次見到阿寶老師是在北京的書展上，作為活動嘉賓，阿寶老師在現場為我們傾情推薦、講解了一套即將出版的歷史科普繪本。

　　站在講臺上的阿寶老師，留著一頭精神俐落的短髮，穿著一身對於同齡人來說顯得有些「潮」的休閒衣，講起話來神采奕奕，不時冒出一兩句「金句」逗笑全場。人如其名，和藹親近，自帶幽默細胞。

　　和其他一本正經的閱讀推廣人不同，阿寶老師更像一個住在隔壁的老爺爺，會注意到放學回家路上心情低落的你，和你打成一片，幫你一起說爸爸媽媽的壞話。在你傷心難過時，為你講一個讓你開懷大笑的故事。在你迷茫無措時，他又會站出來，像令人心安的學者一樣，帶你走出低谷。

阿寶老師和小讀者的合影　　　　　　臺上的阿寶老師

　　因為阿寶老師平易近人的神奇氣場，活動一整場下來，氛圍活躍，其樂融融，感覺回到了認真聽課的學生時代，還圈了不少學生粉和家長粉。而活動中被阿寶老師親自推薦過的《千萬不要玩穿越系列》也成為備受矚目的新書。得益於阿寶老師的推薦和書本身的自然流量，這套書足足有四十八冊的歷史大書，還在預售期就已取得了當當新書榜排名第一的好成績，我們編輯部也收到了許多期待成書的留言。

　　為什麼這套歷史科普繪本會受到阿寶老師的青睞呢？為什麼它能從眾多兒童歷史讀物裡脫穎而出呢？其實，這和阿寶老師自成一套的閱讀理念與教育觀脫不了關係。甚至可以說，做一套真正為兒童創作的圖書和養育好一個孩子一樣，在某些方面是融會貫通的。

　　下面結合阿寶老師的閱讀觀與育兒觀，給大家談談這其中的內在關聯。

一、不要逼迫孩子讀書，學習要講究方法。

阿寶老師不主張孩子和經典「死磕」，很多家長喜歡替孩子挑選一些「高大上」的兒童讀物，從來不問孩子喜不喜歡。其實每個孩子都是不同的，教育孩子還是要看階段。家長們應該多去深入瞭解你的孩子，瞭解他們到底喜歡什麼，是龍鳳還是雞鴨鵝，然後再「因地制宜」的教育。

雖是身為兒童閱讀推廣人，但阿寶老師語出驚人地說，不要逼迫孩子讀書，不讀書也不會死，學習要講究方法，真正有用的東西往往是在課外學習到的。

比如學習歷史，翻開歷史書的時候，大半孩子都是抵觸的，每天死記硬背，還要應對考試，不喜歡很正常。但如果把歷史變成課外讀物就不同了。當然，要是一本和歷史課本完全不同的趣味歷史書才行。

《千萬不要玩穿越》就完全符合這點，雖然打著「歷史科普繪本」的旗號，但一點都沒有科普書傳統的生硬感，反而像帶有情節的故事書一樣生動有趣。這套書一共四十八冊（還有三十二冊未出版），橫跨上萬年時光，聚焦世界歷史，每冊都講述了一個歷史上的著名事件。比如哥倫布發現新大陸，賽勒姆小鎮的黑暗女巫紀事，列奧納多·達·芬奇的傳奇人生……在以往的歷史書上我們只能讀到事件的時間起因結局，但在這套書中，我們可以從頭至尾瞭解整個故事。不僅如此，書中還有很多「溫馨提示」和科普小知識，讓故事更加豐滿立體，更加系統、活靈活現，理解記憶起來輕鬆極了。

二、拋棄閱讀的功利心，回歸快樂閱讀。

阿寶老師說，過度養育是災難的開始。現在很多孩子不喜歡讀

書，很大的原因是因為父母或老師總是過於強調讀書的功利目的。孩子讀一本書，父母一定要問問從這本書裡學的到了什麼，老師還總是逼著他們寫讀後感，孩子不討厭才怪。

在選擇兒童讀物方面，阿寶老師建議家長們需要更加靈活些，不能因為太過功利和過分強調規矩，而讓孩子喪失了閱讀帶來的休閒和愉悅。換而言之就是，比起讓孩子看有用的書，要重要的是讓他們看讓自己開心的書。

《千萬不要玩穿越系列》的定位雖然是歷史科普書，具有一定的功利性，看完之後確實能讓孩子們培養歷史思維，學到不少歷史知識。但是這套書更神奇的部分在於，它能很好的滿足閱讀帶來的愉悅感，讓孩子們看得開心，玩得開心。整套書採用親歷視角，用第二人稱帶你進入歷史場景，猶如穿越劇一般。翻開書，孩子們只需要跟著你的角色一路親身冒險，用現代人的身份跟著古代人物一起去思考，經歷，學習。

整個過程中，你可以體驗到人們的起居住行，地域的風土人情，特色的背景文化與歷史的真實面貌。你可以看見很多小人物的命運和歷史的兩面性，跟著小提示生存到故事最後，驚險刺激，幽默好玩。

在介紹這本書時，阿寶老師說：「幽默是成為可愛的人的特質」。故事中，漫畫般的對話和幽默的語言讓歷史不再嚴肅，變得通俗易懂，親民接地氣。只要翻開第一頁，就想一窺人物命運，堅持看到最後。

三、讓孩子愛上閱讀，首先家長要愛閱讀。

對於怎麼讓孩子愛上閱讀，阿寶老師犀利地指出，如果一個家長每天在家看電視，又怎麼能反問自己的孩子不愛看書呢？

在閱讀這件事上，大人小孩都不能被「雙標」。要是希望自己的孩

子熱愛閱讀，家長們就應該以身作則，從自身做起，為他們創造一個舒適的閱讀環境，陪他們一起閱讀，這樣家庭的孩子想不愛看書都難。阿寶老師還建議，家長們陪孩子看書最好的場景就是睡前故事。一個孩子有家長陪伴著講睡前故事是多麼幸福的一件事，光想想就十分溫馨美好，念念難忘。從小聽著父母的睡前故事長大的孩子一定擁有豐富的內心世界，長大後回想起來也能作為一段動人的童年回憶。

《千萬不要玩穿越系列》就是一套非常適合親子共讀的圖書。體系全，內容多，知識點密集，通俗易懂易講解，還有許多可延伸的部分。年紀偏小的孩子可以在家長的陪伴下閱讀，一起交流探討，會講故事的家長還能挖掘出更多值得深究的部分，將歷史講得別開生面，自己也能從中學到不少冷知識。本套書雖然是用兒童化的語言書寫，但內容也非常適合爸爸媽媽們。所以千萬不要擔心講故事的時候會不小心睡著哦。

雖然阿寶老師有些觀點「調皮」的讓人哭笑不得，但仔細體會，又不無道理。有些大道理就像教科書，聽著千篇一律，做起來遙不可及，還不如聽隔壁爺爺拉拉家常，講講知心話，轉身就能實踐在家庭教育中。

——整理：童立方。

看來，我也瘋了！

《瘋了！桂寶》1

《瘋了！桂寶》系列

（阿桂，上海：上海錦繡文章出版社）

　　《瘋了！桂寶》整套書以「超級冷漫畫」為行銷賣點，及至現在出版至二十四集，可見市場的接受度非常好，孩子的接受度極高。不過，它可以算是兒童讀物嗎？

　　我們就從兒童讀物的性質來說吧，常說兒童讀物應具備四個性質：兒童性、文學性、教育性與遊戲性。這套書若是以常見主流的文學性與教育性來判斷是否為優秀的兒童讀物而言，那似乎不及格。不過，如果是以其他兩個特性：兒童性與遊戲性來審視這套書，這套書似乎是一套很不錯的兒童讀物。

　　以兒童性來說，孩子喜歡簡單、有趣、好笑、好玩、充滿想像力的事物，《瘋了！桂寶》完全符合這個特質，以簡單的四格漫畫說一個冷笑話，讓孩子在短時間發笑，因此與其說《瘋了！桂寶》是一本漫畫，不如說它本質上是一本笑話集。再者，以遊戲性而言，漫畫裡頭的情節有非常多的元素，都是使用文字遊戲，最多的就是諧音所造成的語言趣味；不只如此，情節更是誇張與不合常理，甚是無厘頭無意義，這些都是遊戲的範疇。以此就兒童性與遊戲性的標準評斷，它確實是符合兒童讀物的標準。兒童性與遊戲性是孩子的天生本性，在我的《臺灣地區兒童閱讀興趣》中的研究裡，漫畫與笑話這兩種文類，分別佔據孩子最喜歡的文類前兩名，《瘋了！桂寶》將兩種文類合而為一，同時滿足孩子喜歡圖像閱讀和喜歡聽笑話的需求，正中孩子下懷，深受孩子喜愛便不意外。當然有些家長還是會抱持著懷疑的態度，難道完全給孩子閱讀他們喜愛的讀物是正確的嗎？

　　當然不是。莫忘兒童讀物還有其他兩種特性：文學性與教育性，這也是師長最在乎的兩個兒童文學特質，也有些學者認為只有符合這兩個特質的兒童讀物才足以稱作「真正」、「正統」的兒童讀物。那麼，難道沒有作品符合這四種特性嗎？有的，當然這樣的作品因為個性不突兀，很難成為好的兒童讀物，所以令人印象深刻的兒童讀物都

是獨具個性與風格，而《瘋了！桂寶》便是一例。再則，《瘋了！桂寶》的極度兒童性與遊戲性，反而有助於孩子腦洞大開，開啟他們想像的能力，是為文學性的先決條件。

那師長一定又會有所疑問，難道我們要教孩子偏食嗎？只吃他們喜歡的食物。當然不是，營養均衡才能讓孩子身心健全，我們不只要鼓勵他們多吃，而且種類要豐富。但在討論這個問題之前，我想先來談論所謂正餐與零食。正餐是一定得吃，身體獲得滋養才能健康成長；零食不一定要吃，但是吃零食能獲得極大趣味，豐富我們的生活。教科書、文學教育傾向的作品就是正餐；相對《瘋了！桂寶》就是零食。所以許多師長喜歡把正餐和零食放在一塊評比，最後批評零食不營養，其實這就沒什麼道理了！

現在的教育觀念進步，除了閱讀教科書之外，現在師長還會讓孩子閱讀課外書。課外書的定義是相對教科書而言的兒童讀物，現在大部分的課外讀物還是以文學性與教育性為主的兒童讀物，不過隨著世代觀念的變化，從閱讀當中獲得知識的概念也為之變化，反而閱讀的目的漸而轉化成是一種消遣，抑或娛樂為主要目的。因而，孩子無法在正餐之外再吃正餐了，會撐死！他們更喜歡餐與餐之間的零食，或者小甜點，對孩子而言是無比的重要，那可是他們的小確幸，是他們的童年。

另則，閱讀的概念也從文字閱讀轉向為圖像的閱讀，現今的時代影音發達，電腦與手機的發明讓圖像視頻的文本雨後春筍，絢麗的影音與圖像更吸引孩子。不過，圖像文本跟文字文本不同的是，圖像影視雖然還是符號，不過他不像文字一樣，需要透過學習與背誦才能解碼文本所帶來的意義，圖像只要透過直覺猜測就可以判讀，對孩子而言，圖像的閱讀也就更為簡單輕鬆。漫畫就可以說是「紙本的視頻」，以連續圖表現故事的情節，常以「極度誇張」的方式表現，所

以會讓人覺得叛經離道，常讓許多衛道師長反對也不難想像；但很多時候批評的師長本身就沒看過漫畫卻大肆撻伐。說到底，絕大部分原因是因為你恐懼時代的「改變」，讓你的傳統信念徹底瓦解而已。

莊子說：「無用之用為大用」。《瘋了！桂寶》有想要帶什麼大道理給孩子什麼嗎？還真的沒有。那它真的沒用嗎？在現在學習壓力很大的時代，漫畫只是孩子放鬆心情，解除壓力的讀物，這些讀物可以讓他們在緊張的學習生活中，還他們一絲絲喘息的空間。這樣不重要嗎？非常重要，這是他們少數的紓壓管道。漫畫變是孩子喜愛的讀物，閱讀的過程中，他們可以天馬行空的想像，沒有拘束的歡笑，在他們的秘密基地裡徹底的狂歡。不要擔心！這不是正餐，是零食！他們在吃完零食後，還是會理解為有正餐能讓他們成長。有趣的是，我敢保證這些無用的零食會豐富他們的童年，你相信嗎？難道，你不想給你的孩子一個美好的童年嗎？所以，它無用嗎？

當今，越是誇張越是好笑的兒童讀物就更能引起孩子的眼光，因為大家都喜歡有趣的零食！《瘋了！桂寶》就是這樣一套漫畫，無厘頭，沒有意義，純粹以搞笑為噱頭；不過男主角桂寶也的確是個討喜的角色，傻愣傻愣，不管遇到什麼事都不會難過，充滿正能量，他所代表著形象是「快樂」。說穿，桂寶就是一個帶給大家歡樂的角色，就像班上永遠有一個帶給大家歡笑的同學。最重要的是：桂寶做了孩子一直想做卻不能不敢做的事，所以他是孩子的英雄。孩子並不會閱讀桂寶而變壞，這些都只是大人想像力豐富或者畏懼圖像時代來臨的刻意栽贓。

在這個壓力大的時代，講究崇高或者悲壯的美學已經逐漸示微，對於孩子更為重要的是：如何在巨大的學習壓力下，尋找放鬆身心的方式，滑稽美學因而大行其道，從周星馳無厘頭的搞笑電影屢破紀錄就可知道。孩子天生喜歡「好笑」的事物，只是大人覺得笑不端莊，

不合體統。漫畫的誇張的圖像敘事，乖誕不經的劇情總能讓讀者能沈浸在無邊際想像的特殊樂趣。《瘋了！桂寶》也把兒童讀物「可圈可點的胡說八道，入情入理的荒誕無稽」發揮到極致：各種語言遊戲（諧音）、各種誇張不合理、各種玩耍胡鬧，並且充斥著正流行的笑話與議題，不難想像為什麼孩子能如此有共鳴了，心情不好可以隨時翻兩三篇，排解情緒，漫畫中情節都是現在孩子熟悉的生活，共鳴度更高。所以，若是你阻擋孩子看這類型的漫畫，其實是一件很愚蠢的事，因為他生活周遭的媒體，舉凡他可以接觸到的手機、電視、電腦大部分內容都是這類的文本，你能要你的孩子拒絕所有的媒體來源嗎？絕對不可能！就算你有這般能耐，你的孩子就會猶如溫室裡的花朵，在脫離你的羽翼之下後立即凋零，所以最重要的是：如何陪伴孩子，共讀並且討論他所喜愛的東西。像是這類型的輕鬆讀物，常會利用「情色」與「暴力」元素製造趣味，這時候師長就要適時的叮嚀孩子，並且能與他們充分指導與溝通，原則上就沒有太大問題，而也不需要過度緊張，孩子沒有那麼笨！他們遠比我們想像中的聰明，絕對能判斷作品中是「假的」和生活是「真的」的差別。

在看完《瘋了！桂寶》後，終於知道孩子為什麼那麼喜歡桂寶了。教育絕對不是把自己的希望放在孩子身上，那肯定是一場大災難，其次是以身作則，如果你想要讓你的孩子變成什麼樣的人，你自己先做起吧。教育是陪伴，陪伴著孩子成長，首要瞭解他們需要什麼，知道他們喜歡什麼，讓他們感受到你們是的愛與關心，並且願意陪伴他們迎向各種挑戰，學習各種人生道理與知識，這才是教育的最終意義。最後，引用第一集〈我瘋了〉，阿桂對瘋的詮釋：瘋，其實是一種很高級的放鬆。

我會寫這篇導讀推薦《瘋了！桂寶》，看來我也瘋了！當然，我也建議師長們是否有時候也可以陪孩子們偶而瘋一下。

文學研究叢書・兒童文學叢刊 0809027

兒童文學與閱讀（四）

| 作　　者 | 林文寶 |
| 責任編輯 | 林涵瑋 |

發 行 人　林慶彰

總 經 理　梁錦興

總 編 輯　張晏瑞

編 輯 所　萬卷樓圖書股份有限公司

臺北市羅斯福路二段 41 號 6 樓之 3

電話 (02)23216565

傳真 (02)23218698

發　　行　萬卷樓圖書股份有限公司

臺北市羅斯福路二段 41 號 6 樓之 3

電話 (02)23216565

傳真 (02)23218698

電郵 SERVICE@WANJUAN.COM.TW

香港經銷　香港聯合書刊物流有限公司

電話 (852)21502100

傳真 (852)23560735

ISBN　978-986-478-868-2

2023 年 12 月初版一刷

定價：新臺幣 460 元

如何購買本書：

1. 劃撥購書，請透過以下郵政劃撥帳號：

帳號：15624015

戶名：萬卷樓圖書股份有限公司

2. 轉帳購書，請透過以下帳戶

合作金庫銀行 古亭分行

戶名：萬卷樓圖書股份有限公司

帳號：0877717092596

3. 網路購書，請透過萬卷樓網站

網址 WWW.WANJUAN.COM.TW

大量購書，請直接聯繫我們，將有專人為您

服務。客服：(02)23216565 分機 610

如有缺頁、破損或裝訂錯誤，請寄回更換

國家圖書館出版品預行編目資料

兒童文學與閱讀. 四 / 林文寶著.-- 初版.--
臺北市：萬卷樓圖書股份有限公司, 2023.12
　面；　公分.--(文獻研究叢書. 兒童文學叢
刊；809027)
ISBN 978-986-478-868-2(平裝)

1.CST: 兒童文學 2.CST: 兒童讀物 3.CST: 閱讀
指導

　863.59　　　　　　　　　　112012116